Bi(...)

FALSA PROMETIDA

KATE HEWITT

Editado por Harlequin Ibérica.
Una división de HarperCollins Ibérica, S.A.
Núñez de Balboa, 56
28001 Madrid

I.S.B.N.: 978-84-687-8812-8
Depósito legal: M-28257-2016
Impresión en CPI (Barcelona)
Fecha impresion para Argentina: 15.5.17
Distribuidor exclusivo para España: LOGISTA
Distribuidores para México: CODIPLYRSA y Despacho Flores
Distribuidores para Argentina: Interior, DGP, S.A. Alvarado 2118.
Cap. Fed./Buenos Aires y Gran Buenos Aires, VACCARO HNOS.

Capítulo 1

LUCA Moretti necesitaba una esposa. No una de verdad, que Dios no permitiera que nunca necesitara eso. No, necesitaba una esposa temporal que fuera eficiente, sumisa y discreta. Una esposa para el fin de semana.

–¿Señor Moretti? –su secretaria, Hannah Stewart, llamó una vez a la puerta antes de abrirla y entrar en su oficina del ático que daba a Lombard Street, en Londres–. Tiene que firmarme unas cartas.

Luca vio cómo su secretaria se le acercaba llevando un fajo de cartas. Llevaba el caballo castaño claro recogido hacia atrás y tenía un rostro sereno. Vestía con falda negra tipo tubo, tacones bajos y una sencilla blusa de seda blanca. Nunca se había molestado hasta entonces en fijarse en su secretaria, solo en lo rápido que tecleaba y en lo discreta que era en lo que se refería a desafortunadas llamadas personales que de vez en cuando llegaban a la oficina. Ahora observó el cabello liso y castaño y el rostro ligeramente pecoso, que resultaba bonito sin ser nada especial. En cuanto a su figura...

Luca deslizó la mirada por la esbelta silueta de su secretaria. Nada de curvas de infarto, pero era pasable.

¿Podría...?

Ella le dejó las cartas delante y dio un paso atrás, pero no antes de que Luca captara un aleteo de su perfume de flores. Sacó la pluma y empezó a escribir su firma en cada carta.

–¿Eso es todo, señor Moretti? –preguntó ella cuando firmó la última.

–Sí –Luca le entregó las cartas y Hannah se giró hacia la puerta. La falda le rozó contra las piernas al caminar. Él la observó con los ojos entrecerrados y lo tuvo claro–. Espera.

Obediente, Hannah se giró para mirarle y alzó las pálidas cejas con gesto expectante. Había sido una buena secretaria durante aquellos últimos tres años, trabajaba duro y no protestaba. Luca intuía que bajo su personalidad dispuesta a agradar se escondían ambición y fuerza de voluntad, y aquel fin de semana necesitaba ambas cualidades, siempre y cuando Hannah accediera a la farsa. Luca se aseguraría de que así fuera.

–¿Señor Moretti?

Luca se reclinó en la silla y tamborileó con los dedos en el escritorio. No le gustaba mentir. Había sido sincero toda su vida, orgulloso de quién era aunque mucha gente intentara hacerle caer. Pero aquel fin de semana era distinto. Lo significaba todo para él, y Hannah Stewart no era más que un peón para sus planes. Un peón fundamental.

–Tengo una reunión muy importante este fin de semana.

–Sí, en Santa Nicola –respondió ella–. Tiene el billete y la cartera de pasaportes y la limusina le recogería mañana a las nueve en su apartamento. El avión sale de Heathrow a mediodía.

–Bien –Luca no conocía ninguno de aquellos detalles, pero esperaba que Hannah le informara. Era maravillosamente eficaz–. Resulta que voy a necesitar asistencia.

Ella alzó las cejas un poco más todavía, pero su rostro permaneció calmado.

–¿Asistencia administrativa, quiere decir?

Luca vaciló. No tenía tiempo para explicar en aquel momento sus intenciones, y sospechaba que su secretaria se opondría a lo que estaba a punto de pedirle.

—Sí, eso es —podría asegurar que Hannah se quedó sorprendida, pero lo disimuló bien.

—¿Qué necesita exactamente?

«Una esposa. Una esposa temporal y complaciente».

—Necesito que me acompañes a Santa Nicola el fin de semana —Luca no le había pedido nunca antes que le acompañara en ningún viaje de negocios, prefería viajar y trabajar solo. Era una persona solitaria desde la infancia. Al estar solo no hacía falta estar en guardia esperando a que alguien pasara por encima de ti. No había ninguna expectativa excepto las que tenías en ti mismo.

Luca sabía que el contrato de Hannah incluía «horas extra o compromisos según necesidad», y en el pasado había estado dispuesta a trabajar largas veladas y algún que otro sábado. Sonrió y alzó las cejas.

—Supongo que esto no supondrá ningún problema, ¿verdad? —ya le contaría más adelante qué obligaciones necesitaría de ella.

Hannah vaciló, pero solo un instante. Luego asintió con la cabeza.

—En absoluto, señor Moretti.

Hannah le dio vueltas a la cabeza mientras intentaba descubrir cómo manejar aquella inesperada petición de su jefe. En los tres años que llevaba trabajando para Luca Moretti, nunca le había pedido que fuera de viaje de negocios con él. Nunca había ido a pasar un fin de semana a una exótica isla del Mediterráneo. La posibilidad le provocó un escalofrío de emoción.

—¿Saco un billete más? —preguntó tratando de parecer tan profesional como siempre.

–Sí.

–Lo sacaré en clase turista –dijo ella asintiendo con la cabeza.

. –¿Por qué diablos ibas a hacer eso? –quiso saber Luca.

Parecía irritado, y Hannah parpadeó confundida.

–No creo que deba viajar en primera clase siendo su secretaria, y el gasto...

–Olvídate del gasto –la interrumpió él agitando la mano–. Necesito que vayas sentada a mi lado. Voy a trabajar durante el vuelo.

–Muy bien –Hannah se llevó las cartas al pecho, preguntándose qué más necesitaría preparar para un viaje así. Y preguntándose también por qué Luca Moretti la necesitaba para aquel viaje cuando nunca se la había llevado a ninguno. Lo observó disimuladamente sentado en la silla de su despacho. Tenía el negro cabello revuelto y tamborileaba los dedos en el escritorio.

Era un hombre increíblemente guapo, carismático y decidido, y ella admiraba su ética laboral y su hambre de éxito. Aunque solo fuera una secretaria, compartía aquel impulso.

–Muy bien –dijo entonces–. Me encargaré de todo.

Luca la despidió asintiendo con la cabeza. Hannah salió de su despacho y corrió a su escritorio. En cuanto compró el billete de avión le mandó un correo electrónico a su madre para contárselo. Podría haber llamado, pero Luca no era partidario de las llamadas personales en la oficina y Hannah siempre obedecía las normas. Aquel trabajo significaba demasiado para ella como para ponerlo en peligro.

Acababa de enviar el correo cuando Luca salió de su despacho poniéndose la chaqueta del traje y consultando el reloj.

–¿Señor Moretti?

—Vas a necesitar ropa adecuada para el fin de semana.

Ella parpadeó.

—Por supuesto.

—No me refiero a eso que llevas puesto —señaló Luca—. Este fin de semana es una ocasión social más que laboral —explicó—. Vas a necesitar vestidos de noche y esas cosas.

¿Vestidos de noche? No tenía nada de eso en el armario.

—Como su secretaria...

—Como mi secretaria necesitas vestir adecuadamente. Esto no va a ser una reunión de la junta.

—¿Y qué va a ser exactamente? Porque no lo tengo muy claro...

—Piensa en ello más como una fiesta de fin de semana en una casa con un poco de negocios en medio.

Aquello hacía que se preguntara todavía más por qué necesitaba que fuera ella.

—Me temo que no tengo ningún vestido de noche —comenzó a decir Hannah. Pero Luca volvió a interrumpirla.

—Eso tiene fácil solución —se sacó el móvil del bolsillo y marcó unos cuantas teclas antes de ponerse a hablar a toda prisa en italiano. Unos minutos más tarde colocó y asintió mirando a Hannah—. Arreglado. Me vas a acompañar a Diavola después del trabajo. Conoces esa tienda, ¿verdad?

Había oído hablar de ella. Era una boutique de moda de alta costura situada en Mayfair. Hannah tragó saliva y trató de mantener la calma, como si toda aquella inesperada aventura no la hubiera dejado descolocada.

—Me temo que se va un poco de mi presupuesto...

—Yo pagaré, por supuesto —Luca la miró frunciendo el ceño—. Esto son gastos de trabajo. No espero que te compres un vestido que solo te vas a poner una vez por trabajo.

–Muy bien –Hannah trató de no estremecerse bajo su mirada fija. Sentía como si la estuviera examinando y ella no cumpliera sus expectativas, lo que le resultaba desconcertante. Siempre se había sentido orgullosa de lo bien que hacía su trabajo. Luca Moretti no había tenido nunca motivo de queja con ella–. Gracias.

–Salimos dentro de una hora –dijo Luca volviendo a su despacho.

Hannah ocupó aquella hora terminando a toda prisa su trabajo y haciendo los preparativos del viaje para una persona más. Sabía que Luca se iba a quedar en casa de su cliente, el empresario hotelero Andrew Tyson, y dudó si contactar directamente con el hombre para asegurarse de que hubiera una habitación extra para ella en la lujosa villa. Le pareció osado por su parte, pero ¿qué otra cosa podía hacer?

Estaba preparando el correo para la secretaria de Andrew Tyson cuando Luca salió de su despacho. Frunció el ceño al verla.

–¿No estás lista?

–Lo siento. Estoy a punto de enviarle un correo a la secretaria del señor Tyson para solicitar una habitación más...

–Eso no será necesario –afirmó Luca inclinándose para cerrarle el ordenador de un golpe–. Eso ya está arreglado.

Ella se lo quedó mirando. Estaba demasiado sorprendida como para disimular.

–Pero si no mando el correo...

–Está arreglado. No me cuestiones, Hannah. Y por favor, en el futuro déjame a mí todas las comunicaciones con el señor Tyson.

Hannah se sintió dolida por su tono.

–Yo siempre he...

–Esta negociación es delicada. Ya te explicaré los

pormenores más adelante. Ahora vámonos. Tengo muchas cosas que hacer esta noche aparte de comprarte ropa.

Hannah se sonrojó ante su tono despectivo. Su jefe era normalmente impaciente, pero no era maleducado. ¿Era culpa suya no tener el guardarropa de una mujer de mundo? Se levantó de la silla y agarró el ordenador portátil para meterlo en la bolsa.

–Deja eso.

–Pero lo voy a necesitar si vamos a trabajar en el avión...

–No será necesario. Me vas a acompañar en un fin de semana que es una ocasión social aparte de un momento empresarial. Te pido que hagas uso de un poco de sentido y de discreción porque se trata de una situación delicada. ¿Estoy pidiendo algo más allá de tus capacidades?

Hannah se sonrojó todavía más.

–No, por supuesto que no.

–Bien –Luca señaló hacia el ascensor con la cabeza–. Pues en marcha.

Rígida por la afrenta, Hannah agarró el abrigo y siguió a Luca al ascensor. Esperó mirando hacia delante y trató de controlar la irritación hasta que las puertas se abrieron y Luca le hizo un gesto para que pasara primero. Así lo hizo, y cuando luego entró él se dio cuenta de un modo nuevo de cómo ocupaba el espacio. Seguro que habían viajado juntos en el ascensor en otras ocasiones, pero ahora, cuando Luca pulsó el botón de la planta baja, Hannah sintió lo grande que era. Lo masculino. Le echó un rápido vistazo al perfil, la mandíbula cuadrada con barba incipiente, la nariz recta y los pómulos angulares. Pestañas sorprendentemente largas y ojos oscuros y duros.

Hannah sabía que las mujeres caían rendidas a los

pies de Luca Moretti. Se sentían atraídas por su aire lejano, su latente sexualidad y su carisma. Tal vez se engañaran a sí mismas pensando que podrían domarle o atraparle, pero ninguna podía. Hannah había mantenido lejos de la puerta de su jefe a más de una belleza llorosa. Él nunca le daba las gracias por aquel pequeño servicio, actuaba como si las mujeres que prácticamente se le echaban encima no existieran, al menos más allá del dormitorio. O eso daba Hannah por hecho, no tenía ni idea de cómo actuaba Luca Moretti en el dormitorio.

La idea le provocó un calor en las mejillas aunque seguía molesta por aquella actitud tan poco habitual en él. Por suerte las puertas se abrieron entonces y salieron del confinado espacio del ascensor al impresionante vestíbulo de mármol de Empresas Moretti. Cuando salieron a la calle bañada por la lluvia, el aire húmedo le refrescó la cara.

Una limusina apareció en la entrada en cuanto ellos salieron, y el chófer de Luca saltó para abrirle la puerta.

–Después de ti –dijo Luca. Hannah entró en el lujoso coche y él la siguió. Le rozó el muslo con el suyo antes de acercarse más a la ventanilla.

Hannah no pudo resistirse a acariciar el suave cuero del asiento.

–Nunca antes había estado en una limusina –murmuró.

–¿No? –preguntó él sorprendido.

–Ni tampoco en un hotel de cinco estrellas –le informó Hannah con cierto retintín. No todo el mundo era tan privilegiado como él–. Ni siquiera he probado el champán.

–Bueno, este fin de semana podrás hacerlo –afirmó Luca girándose para mirar por la ventanilla. Las luces del tráfico proyectaban una luz amarilla en su rostro–.

Lo siento –dijo de pronto–. Sé que estoy un poco... tenso.

Hannah le miró con recelo.

–Sí... ¿a qué se debe?

–Como te he dicho antes, es un fin de semana delicado –murmuró él pasándose una mano por la barba incipiente–. Muy delicado.

Hannah sabía que no debía insistir. No entendía por qué aquel acuerdo era tan delicado. Por lo que ella sabía, la cadena de hoteles familiares que Luca estaba pensado adquirir era un activo relativamente pequeño dentro de los bienes inmobiliarios que poseía.

La limusina se detuvo frente a Diavola, que tenía las luces encendidas a pesar de que ya había pasado la hora del cierre. Hannah sintió un escalofrío de aprensión. ¿Qué se suponía que debía hacer ahora? ¿Escogería ella el vestido o lo haría su jefe? No le apetecía la idea de pasearse delante de él con lo que se probara, pero tal vez Luca le dejara escoger un vestido y ahí acabaría todo. Confortada con aquel pensamiento, se bajó del coche.

Luca la siguió al instante y la tomó del codo. El contacto la sorprendió, Luca nunca la tocaba. Ni un abrazo ni una palmadita en el hombro durante los tres años que llevaba trabajando para él.

Ahora Luca mantuvo la mano en su codo mientras la guiaba hacia el interior de la boutique.

–Quiero comprar un guardarropa completo de fin de semana para mi compañera –le dijo a la mujer que los recibió–. Trajes de noche, vestidos de día, traje de baño, camisón, ropa interior –consultó el reloj–. En menos de una hora.

–Muy bien, señor Moretti.

¿Ropa interior? Hannah sintió que tenía que objetar.

–No necesito todas esas cosas, señor Moretti –protestó en voz baja. Por supuesto que no necesitaba que su jefe le comprara un sujetador.

–Hazlo por mí. ¿Y por qué no me llamas Luca? Llevas trabajando para mí tres años.

Hannah se quedó boquiabierta ante la sugerencia. ¿Por qué estaba Luca cambiándolo todo de repente?

–De acuerdo –murmuró.

La asistente de la tienda estaba recopilando prendas por toda la boutique, y había aparecido una segunda que les acompañó a un diván de terciopelo color crema en forma de «u». Una tercera les traía en aquel momento dos copas de champán y unas galletitas con caviar.

Luca se sentó, claramente acostumbrado a aquel lujo.

–Venga por aquí, por favor –le pidió a Hannah una de las asistentes.

Ella siguió a la mujer hasta un probador que era tan grande como la parte de arriba de su casa.

–¿Primero este? –sugirió la mujer mostrándole un vestido de noche en seda azul pálido.

Era la prenda más exquisita que Hannah había visto en su vida.

–De acuerdo –dijo desabrochándose la blusa y sintiendo que estaba dentro de un sueño surrealista.

Capítulo 2

LUCA esperó a que Hannah saliera del probador bebiendo champán y tratando de relajarse. Estaba demasiado agobiado con todo aquel asunto y su inteligente secretaria se había dado cuenta. No quería que descubriera su juego antes de que llegaran a Santa Nicola. No podía arriesgarse a que se negara. Aunque Hannah Stewart había demostrado ser digna de su confianza, sospechaba que tenía más agallas de las que pensó en un principio. Y no quería que las usara contra él.

Le dio un sorbo a la copa de champán y miró hacia las lluviosas calles de Mayfair. En menos de veinticuatro horas estaría en Santa Nicola enfrentándose a Andrew Tyson. ¿Le reconocería el otro hombre? Había pasado mucho tiempo. ¿Habría un brillo de reconocimiento en aquellos ojos fríos? Si eso ocurría estropearía por completo el plan de Luca, y sin embargo no podía evitar desear provocar en él alguna reacción. Algo que justificara el sentimiento que le quemaba en el pecho desde hacía demasiado tiempo.

–¿Y bien? –le preguntó a Hannah alzando la voz. Llevaba casi diez minutos en el probador–. ¿Te has probado algo ya?

–Sí, pero este es un poco... –no terminó la frase. Luca dirigió la mirada hacia la pesada cortina de terciopelo que cubría la puerta del probador.

–Sal para que lo vea.

—No hace falta —parecía un poco asustada—. Me probaré otra cosa...

—Hannah, por favor, me gustaría ver el vestido —Luca trató de disimular la impaciencia. Necesitaba asegurarse de que Hannah tuviera la imagen adecuada.

—Ya me estoy cambiando —dijo ella.

Luca se levantó del diván con un movimiento fluido, se acercó al probador y descorrió la cortina.

No supo quién contuvo el aliento, si fue Hannah por la intrusión o él por la repentina punzada de deseo que le atravesó el cuerpo al ver a su secretaria.

Estaba dándole la espalda con el vestido por la cintura cayéndole en pliegues de seda mientras se sujetaba el frente en el pecho. El rostro, que estaba de perfil, era el de una doncella ultrajada.

—Por favor, sal de aquí —murmuró ella sonrojándose y con tono molesto—. Me estoy cambiando.

—Quería ver el vestido. Después de todo, lo voy a pagar —se cruzó de brazos sintiéndose un poco culpable por sacar aquella carta. Sin embargo, Hannah no parecía particularmente impresionada—. ¿Cuánto cuesta? —le preguntó a la asistente.

—Nueve mil libras, señor Moretti.

—¿Nueve mil...? —Hannah se giró y el vestido estuvo a punto de resbalársele entre las manos.

Luca atisbó a ver un destello de su piel ligeramente pecosa, el indicio de un pecho pequeño y redondo. Luego ella se subió el vestido hasta la barbilla. Ahora estaba completamente roja.

—Ten cuidado —le aconsejó Luca—. Esa tela parece delicada.

—¿Tan delicada como este fin de semana? —respondió ella.

—No sabía que tuvieras tanto carácter —reconoció Luca con una sonrisa.

–Y yo no sabía que serías capaz de gastarte nueve mil libras en un vestido.

Luca alzó las cejas. Estaba realmente sorprendido.

–La mayoría de las mujeres que conozco disfrutan gastándose mi dinero.

–Entonces conoces a muy pocas –le espetó Hannah–. Muchas mujeres no están interesadas únicamente en las compras y el dinero.

–Entendido –la atajó Luca–. Ahora, por favor, súbete la cremallera de ese vestido y deja que te vea con él.

La asistente dio un paso adelante y subió la cremallera de la espalda, aunque no había mucho que subir. El vestido tenía prácticamente la espalda al aire, con un top y una capa superpuesta de seda que le otorgaba cierta respetabilidad al escote.

Cuando Hannah se dio la vuelta de mala gana, Luca compuso una mueca de interés profesional, como si estuviera observando el vestido únicamente como prenda adecuada para la ocasión sin pensar en el efecto que estaba causando en su libido.

–Muy bien –le dijo a la asistente–. Nos lo llevamos. Ahora necesitamos algo informal para llevar durante el día y un vestido algo más arreglado para la primera noche.

–En casa tengo ese tipo de ropa –protestó Hannah.

Luca alzó una mano.

–Por favor, deja ya de discutir. Es inútil. Ya te he dicho que esto son gastos de empresa.

Hannah guardó silencio y apretó los labios. Sus ojos marrones echaban chispas.

–Y date prisa –concluyó Luca–. Quiero estar fuera de aquí dentro de cuarenta y cinco minutos.

A Hannah le temblaban las manos cuando se quitó el vestido de noche y se lo pasó a la asistente.

¿Qué diablos estaba pasando? ¿Por qué la trataba Luca de aquella manera? ¿Y por qué había reaccionado así al verle entrar en el probador, cuando vio cómo le clavaba la vista en el escote?

Contuvo un escalofrío. Era una tontería reaccionar así ante él. En aquellos momentos ni siquiera estaba segura de que le cayera bien. Pero hacía mucho, mucho tiempo que tenía una reacción así.

—Señorita, ¿quiere probarse el siguiente conjunto?

Hannah dejó escapar un suspiro y asintió.

—Sí, por favor.

Toda aquella velada parecía sacada de un mundo surrealista, incluidas sus propias reacciones. ¿Cuándo se había atrevido ella a contestar así a su jefe? Pero no le parecía un jefe dentro del probador, ella con la espalda desnuda y los pechos prácticamente al descubierto.

La asistente le pasó un vestido de lino rosa pálido que le quedaba perfecto. ¿Querría ver Luca aquel vestido también? ¿Y qué pasaba con el traje de baño o la ropa interior de encaje que le esperaban en la silla? Una oleada de calor la atravesó, dejándola más desconcertada que nunca.

—Está bien —le dijo a la asistente antes de quitárselo lo más rápidamente posible. Tal vez si se daba prisa Luca no se molestaría en entrar en el probador y actuar como si fuera el dueño del mundo. Como si fuera su sueño.

Cuarenta y dos minutos más tarde, toda la ropa que se había probado Hannah, incluido el biquini más discreto que encontró y dos juegos de lencería en seda beis y encaje color crema estaba envuelta en papel de seda y metida en dos bolsas de aspecto caro. No quería ni pensar a cuánto ascendería la factura. ¿Por qué diablos se estaba gastando Luca una fortuna en ropa para ella para un acuerdo de negocios sin importancia? No le gustaba sentirse en deuda con él. Trabajaba duro y se había ganado todo lo que tenía, y le gustaba que fuera así.

–Creo que te has gastado más en mí esta noche que lo que vas a conseguir con esos resorts –comentó cuando salieron a la calle. Había dejado de llover y una pálida luna se alzaba sobre las elegantes casas de Mayfair–. Andrew Tyson solo tiene media docena de hoteles, ¿no?

–Solo el terreno hace que valga la pena –replicó Luca abrochándose la chaqueta.

Unos segundos más tarde apareció la limusina y la asistente guardó las bolsas en el maletero.

–Debería irme a casa –dijo Hannah. Sintió alivio al pensar en librarse de la inquietante presencia de Luca, pero al mismo tiempo se mostraba reacia a poner fin a la extraña magia de aquella noche.

–Yo te llevo –respondió Luca–. Sube.

–Estoy bastante lejos...

–Sé dónde vives.

Su calmada afirmación la hizo sentir incómoda. Por supuesto que su jefe sabía dónde vivía, estaba en su expediente. Pero la idea de que Luca invadiera su casa, viera un atisbo de su vida privada, no le gustaba.

–No creo que...

–Sube de una vez, Hannah. Son casi las ocho y salimos mañana a las nueve. ¿Por qué perder casi una hora en el metro cuando no hay necesidad?

En eso tenía razón.

–De acuerdo. Gracias.

Se subió a la limusina y se sentó lo más lejos posible de Luca. Todavía podía recordar la sensación de sus dedos en el codo. Qué tonta. Seguramente a él le habría hecho gracia ver lo turbada que se había quedado. La única razón por la que había respondido a él de aquella manera se debía a que era muy atractivo y hacía más de cinco años que ningún hombre la tocaba. Su madre le había dicho que ya era hora de volver al mercado de las citas, pero Hannah no tenía tiempo ni siquiera para pensar en ello.

La limusina enfiló por la calle y Hannah se recostó en el asiento. De pronto se sentía abrumada por la fatiga. La emoción de las últimas horas le estaba pasando factura.

–Toma –Luca le puso una copa en la mano y ella agarró la base automáticamente con los dedos. Miró con sorpresa el champán–. No tomaste nada en la tienda, y dijiste que nunca lo habías probado.

–Oh –Hannah se sintió conmovida por el detalle y al mismo tiempo se vio extrañamente expuesta–. Gracias.

–Bebe –le pidió Luca.

Hannah dio un sorbo cauto y arrugó la nariz cuando las burbujas le subieron. Luca esbozó una sonrisa, sin duda le divertía su inexperiencia.

–Da más cosquillas de lo que pensé –reconoció devolviéndole la copa con una sonrisa incómoda.

Luca la agarró y arqueó una ceja.

–¿No te gusta?

–Es que... no he comido nada. Y ya sabes que tomar alcohol con el estómago vacío no es una buena idea. Estaba balbuceando, se sentía fuera de su elemento en muchos sentidos.

–Lo siento –murmuró Luca–. Tendría que haber pensado en ello –apretó el intercomunicador y dijo unas instrucciones en italiano. Hannah le miró con asombro.

–¿Qué estás haciendo?

–Le he pedido al chófer que pare para que podamos comer. ¿Tienes algún plan?

–No, pero de verdad que no hace falta...

–Tienes hambre, Hannah. Cuando te quedas trabajando hasta tarde en la oficina pedimos la cena. Considera esto lo mismo.

Pero ella no sentía lo mismo. Y cuando la limusina se detuvo frente a un elegante bistró con cortinas de terciopelo rojo en las ventanas, Hannah sabía que la cena consistiría en algo más que en los sándwiches y el café que ella pedía cuando trabajaban hasta tarde.

Tragó saliva y trató de controlar la sensación de incertidumbre e incompetencia. Llevaba tres años trabajando para uno de los hombres más poderosos del mercado inmobiliario. Podía manejar una cena en un restaurante.

Estiró la espina dorsal y salió del coche. Luca le abrió la puerta del restaurante y la siguió. La silenciosa elegancia del lugar cayó sobre Hannah como una manta tranquilizadora.

–¿Mesa para dos, *monsieur* Moretti? –le preguntó el camarero francés.

¿Conocían a su jefe en todas partes?

Luca asintió y al instante los acompañaron a una mesa recóndita situada en una esquina, lejos del resto de los comensales. Hannah leyó la carta para escapar momentáneamente de la penetrante mirada de Luca. Codorniz al horno. Filete de rodaballo a la brasa. De acuerdo, podía hacerlo.

–¿Ves algo que te guste? –preguntó Luca.

–Sí –Hannah cerró la carta y forzó una sonrisa–. Gracias.

El camarero volvió con la carta de vinos y Luca pidió una sin apenas mirar la lista. Se giró hacia Hannah en cuanto el hombre desapareció y clavó los ojos en ella. Una vez más, Hannah tuvo la sensación de que se quedaba corta, de que no era lo que Luca quería, y no entendía la razón.

–Me acabo de dar cuenta de que sé muy poco de ti. ¿De dónde eres?

–De un pueblo de las afueras de Birmingham –Hannah le miró con recelo. ¿A qué venía todo aquello?

–¿Tienes hermanos?

–No –ella alzó las cejas y decidió que aquello debía ser mutuo–. ¿Y tú?

Luca pareció un poco sorprendido y apretó los labios. Bajo la tenue luz del restaurante parecía más moreno y más atractivo de lo habitual. La luz de la vela provocaba un contraste con el blanco inmaculado de su camisa. Todo su ser irradiaba poder y energía apenas contenida.

–No, no tengo hermanos –murmuró apartando la vista.

Así que al parecer no le gustaba responder a preguntas personales. A Hannah no le sorprendió. Cuando volvió el camarero a tomarles nota ella pidió una ensalada sencilla y la codorniz al horno. Confiaba en que supiera a pollo. Luca pidió un bistec y luego el sumiller les llevó una botella de aspecto muy caro. Hannah observó cómo Luca probaba un poco con gesto experto y luego asentía en señal de aceptación. El sumiller les sirvió dos copas.

–No debería... –comenzó a decir ella. No bebía alcohol con frecuencia y quería estar fresca al día siguiente. Y no le agradaba la idea de ponerse un poco chispa en presencia de Luca. Lo último que necesitaba era sentirse todavía más tonta delante de su jefe.

–No será con el estómago vacío –replicó él–. Y creo que necesitas relajarte.

–Tengo que confesar que todo esto es un poco extraño. ¿Por qué? ¿Por qué ahora?

Luca la miró durante un instante y Hannah tuvo la sensación de que estaba sopesando sus palabras, escogiéndolas cuidadosamente.

–¿Por qué no? –le dijo finalmente agarrando su copa de vino.

Hannah se desinfló, frustrada pero también algo aliviada ante su falta de respuesta. No estaba segura de poder manejar alguna revelación extraña.

Afortunadamente, Luca no siguió con las preguntas personales después de eso y comieron prácticamente en silencio, lo que resultaba mucho más cómodo que ser el objeto de escrutinio de su jefe. Pero de todas formas Hannah se sentía inquieta e incómoda.

Y era una lástima, pensó cuando Luca estaba pagando la cuenta, porque acababa de vivir una velada maravillosa. Le habían comprado un vestuario de diseñador y había cenado maravillosamente con un hombre sexy y carismático. Lástima que para ella todo resultara... raro. Como si pudiera disfrutar de ello si se dejara llevar, pero no pudiera hacerlo porque pensaba que no debía. Luca Moretti podría tener a docenas de mujeres a sus pies, pero Hannah no pensaba ser una de ellas. Quería conservar su trabajo, y sobre todo, la cordura.

Hicieron en silencio el trayecto hasta su casa. Cuando llegaron eran casi las diez. Su madre, pensó Hannah con una punzada de culpabilidad, estaría cansada y preocupada.

—Te veo aquí mañana a las nueve —dijo Luca.

Hannah se giró y le miró sorprendida.

—Creí que iría por mi cuenta al aeropuerto.

—¿En metro? ¿Y si llegas tarde? Es mejor así. Espera, déjame sacar las bolsas.

Hannah buscó las llaves mientras Luca le dejaba las bolsas en la puerta.

—Gracias —murmuró ella—. Ya puedes irte...

Pero Luca estaba esperando a que abriera. Hannah exhaló un suspiro de alivio cuando finalmente consiguió meter la llave en la cerradura y la puerta se abrió.

—¿Hannah? —la llamó su madre—. Me estaba preguntando dónde estabas...

–Estoy bien –Hannah se giró hacia Luca y prácticamente le quitó las bolsas de la mano–. Muchas gracias. Te veré mañana a las nueve.

Luca tenía el ceño fruncido y miraba hacia el estrecho recibidor. Su madre estaba llegando.

–Buenas noches –dijo Hannah. Y cerró la puerta.

Su madre, Diane, se detuvo en seco y abrió los ojos de par en par al ver las bolsas a los pies de Hannah.

–¿Qué diablos...?

–Es una larga historia –la atajó su hija–. Siento llegar tarde. ¿Jamie...?

–Se fue a la cama sin rechistar, bendito sea –dijo Diane mirando otra vez las bolsas–. Cielos, eso es mucho comprar.

–Sí, así es –reconoció Hannah de mala gana–. Déjame ir a ver cómo está Jamie y luego te lo cuento todo.

–Te voy a preparar una taza de té –dijo Diane.

Hannah ya estaba dirigiéndose hacia la estrecha escalera. Enfiló el oscuro pasillo hasta la segunda habitación. Entró de puntillas y el corazón se le alegró al ver aquella imagen familiar y querida: su hijo. Estaba dormido boca arriba con las piernas y los brazos extendidos como una estrella de mar y respiraba profunda y calmadamente.

Hannah se acercó con cuidado y le apartó el rubio cabello de la frente. Luego deslizó los dedos por su suave mejilla. Tenía cinco años y era la luz de su vida. Y no le vería durante todo el fin de semana.

Sintió una punzada de culpa al pensar en ello. Hannah sabía que su trabajo era muy exigente y no podía pasar tanto tiempo con Jamie como le gustaría. También sabía muy bien lo importante que era tener independencia financiera y libertad. Trabajar para Luca Moretti le había dado ambas cosas. Nunca lamentaría haber tomado aquella decisión.

Exhaló un suspiro, se inclinó y le dio un beso en la frente a su hijo. Luego salió en silencio de la habitación. Necesitaba prepararse para el fin de semana que iba a pasar con su jefe.

Capítulo 3

LUCA tamborileó los dedos contra el muslo cuando la limusina se detuvo frente a casa de Hannah. Había estado allí hacía menos de doce horas, cuando la dejó allí después de las compras y la cena. Le había resultado inquietante tener un leve atisbo de su vida, el estrecho pasillo con el perchero lleno de abrigos y botas, el sonido de una voz de mujer. ¿Su madre? ¿Qué más le daba?

Tal vez sí le daba porque desde que la conoció veía a Hannah Stewart solo como un medio para conseguir sus propios fines. Primero como su eficaz secretaria, y ahora como su falsa esposa. La noche anterior se había dado cuenta de que, si aquella ridícula farsa iba a funcionar, necesitaba saber más sobre Hannah. Y no había averiguado mucho, pero lo que sí había descubierto era que llegar a conocerla aunque fuera un poco le hacía sentirse culpable por utilizarla.

Luca suspiró con impaciencia ante la inutilidad de sus propios pensamientos. Abrió la puerta de la limusina y salió a la calle. No iba a complicarle la vida a Hannah, iba a disfrutar de un lujoso fin de semana en una isla del Mediterráneo con todos los gastos pagados. Y si tenía que actuar un poco, ¿cuál era el problema?

Llamó al timbre y Hannah abrió la puerta casi al instante. Llevaba puesto su habitual uniforme de falda de tubo oscura y camisa de seda clara, esta vez en gris y rosa. Collar y pendientes de perlas y zapatos de tacón bajo completaban el conjunto. No tenía nada de malo, pero no sería lo que su prometida llevaría cuando le acompañara a una fiesta. Parecía una secretaria, no una mujer enamorada de vacaciones.

—¿Qué ha pasado con la ropa que compramos ayer? –inquirió él.

—Buenos días a ti también –respondió Hannah–. Los he guardado para cuando esté en Santa Nicola –arqueó una ceja–. Viajar en avión no forma parte de la ocasión social, ¿verdad?

—Por supuesto que no –Luca sabía que no podía culpar a Hannah. Le contaría la verdad enseguida... cuando no hubiera posibilidad de que algo saliera mal–. ¿Tu maleta?

—Aquí –ella se agachó para agarrarla, pero Luca se le adelantó.

—La pondré en el maletero.

—Buenos días, señor Moretti –una mujer mayor de ojos apagados y pelo gris salió de detrás de Hannah esbozando una tímida sonrisa.

—Buenos días –Luca se dio cuenta demasiado tarde de lo cortante que debió de sonar al dirigirse a Hannah. Toda aquella historia le estaba haciendo perder su habitual control. Forzó una sonrisa y extendió la mano. La otra mujer se la estrechó.

—Soy Diane Stewart, la madre de Hannah.

—Encantado de conocerla.

—Tengo que irme, mamá –dijo Hannah poniéndose un abrigo de lana negra y sacándose la cola de caballo por el cuello.

—Le diré adiós a Jamie de tu parte –prometió Diana.

Luca miró al instante a Hannah, que se sonrojó.

¿Jamie... un novio? Estaba claro que se trataba de

alguien cercano a ella. Aunque tal vez fuera una chica. ¿Una amiga? ¿Una hermana?

–Gracias, mamá –murmuró Hannah dándole un rápido abrazo a su madre antes de subir a la limusina.

Luca le pasó la maleta al chófer antes de sentarse atrás con ella. Hannah iba pegada a la ventanilla con la cara girada hacia el cristal.

–¿Vives con tu madre? –le preguntó.

–No, se ha quedado a pasar la noche porque llegué muy tarde a casa.

–¿Y por qué estaba ella allí?

Ella le miró con recelo.

–Estaba de visita.

Hannah Stewart parecía tan reservada como él. Luca se acomodó en el asiento.

–Siento haber acortado la visita –hizo una breve pausa–. Podrías habérmelo dicho. Te habría permitido algunas licencias.

La expresión de asombro de Hannah resultó bastante elocuente. Luca sintió una punzada de molestia, lo que no tenía sentido porque él sabía que no habría permitido ninguna licencia. Necesitaba demasiado la presencia de Hannah aquel fin de semana. Pero de todas formas se defendió.

–No soy un jefe poco razonable.

–Nunca he dicho que lo fueras.

Era cierto. Pero se sintió incómodo de todas formas, como si hubiera hecho algo malo. Era la maldita culpa por estarla engañando con aquel asunto. No le gustaba mentir. Siempre había sido franco, presumía de ser muy directo. Había vivido con demasiadas mentiras para actuar de otro modo. Pero esto era diferente, esto llevaba décadas enterrado en su alma, y la venganza contra Andrew Tyson era mucho más importante que los tiernos sentimientos de su secretaria. Sintiéndose mejor al recordarlo, Luca sacó el móvil y empezó a pasar mensajes.

Hannah se recostó en el asiento, contenta de que aquella extraña escena de despedida hubiera tocado a su fin. Luca había mostrado una repentina curiosidad por su vida, y ella había conseguido desviar las preguntas. Nunca le había hablado a su jefe de su hijo, y quería que siguiera así. Tenía la sensación de que a Luca Moretti no le gustaría demasiado saber que su secretaria tenía una responsabilidad semejante. Hannah contaba con la fortuna de que su madre viviera cerca y siempre se había mostrado encantada de ayudar. Sin el apoyo de Diane, Hannah no habría podido aceptar nunca el puesto de secretaria de Luca Moretti.

Ahora trató de borrar los pensamientos y las preocupaciones que la habían mantenido despierta la noche anterior mientras se preguntaba dónde se estaba metiendo y si estaba haciendo lo correcto al dejar a su hijo dos días.

No, hoy iba a intentar sencillamente disfrutar todo lo que pudiera de todo, ya fuera el champán, el caviar o el billete de primera clase. Aquello era una aventura y, dado que su vida era tan predecible y segura, no le vendría mal un poco de emoción.

—Estás sonriendo —observó Luca.

Hannah dio un respingo y miró a su jefe. Se dio cuenta alarmada de que la había estado observando. Un escalofrío le recorrió la espina dorsal y le mantuvo la mirada. Llevaba puesto un traje azul marino que seguramente le había visto antes, camisa blanca y corbata gris. Un atuendo de negocios estándar, elegante y caro, el corte perfecto para sus anchos hombros y las estrechas caderas. ¿Por qué se fijaba hoy en él?

–Estaba pensando en lo de volar en primera clase –dijo sonriendo–. Es algo nuevo para mí.

–Resulta refrescante ver a alguien experimentar algo por primera vez–. Tenga burbujas o no.

Ella alzó la barbilla y trató de contener un sonrojo.

–Admito que no soy una experta en cosas mundanas.

–¿Por qué no?

–Tal vez porque no soy millonaria –contestó Hannah con ironía–. La mayoría de la gente no viaja en primera clase, ¿sabes?

–Soy muy consciente de ello. Pero mucha gente ha probado el champán –Luca ladeó la cabeza y su mirada se volvió pensativa–. Parece que te has perdido un trozo de la vida, Hannah.

Eso era muy perceptivo por su padre. Y aunque ella sabía que era cierto, le dolió.

–He estado trabajando –respondió encogiéndose de hombros–. Y tengo responsabilidades...

Lo dejó ahí, pero Luca entornó los ojos.

–¿Qué clase de responsabilidades?

–Familiares –dijo Hannah–. Pero nada que interfiera con mi trabajo –se defendió.

Luca asintió y alzó las manos con las palmas hacia arriba.

–Te agradezco mucho que hayas venido este fin de semana.

–No creo que tuviera muchas opciones –contestó ella. Luego dejó escapar un suspiro–. ¿Por qué no me cuentas algo más del fin de semana? Dijiste que era una ocasión social, ¿cómo es eso?

Los ojos de Luca se volvieron más fríos y Hannah sintió cómo la tensión se apoderaba de su cuerpo aunque apenas se movió.

–Andrew Tyson es un hombre de familia –aseguró–. Mujer, dos hijos, resorts dedicados al mundo familiar.

–Sí, investigué un poco cuando preparaba el viaje –recordó Hannah–. «Unas vacaciones Tyson son un recuerdo para siempre» –citó. Luca torció el gesto.

–Eso.

–¿No te gusta la idea?

–No especialmente.

No tendría que haberle sorprendido. Luca Moretti nunca le había parecido del tipo de tener esposa e hijos, y por eso le había mantenido en secreto a su propio hijo.

–¿Por qué vas tras esos resorts si no te gusta la idea que hay detrás de ellos?

–No tomo decisiones de negocios en función de mis preferencias personales –respondió Luca cortante–, sino pensando en los beneficios potenciales.

–Pero Andrew Tyson solo tiene un puñado de resorts, ¿no? El de Santa Nicola, uno en Tenerife, otro en Kos, el de...

–Sicilia y un par de ellos en el Caribe. Sí.

–Eso no es nada para un hombre como tú –señaló Hannah.

Luca se revolvió incómodo en el asiento.

–Como te dije, ya solo el terreno hace que sea un acuerdo lucrativo.

–De acuerdo, pero todavía no me has dicho por qué se trata de una ocasión social.

–Porque Tyson quiere que lo sea. Siempre hace gala de los valores familiares, y por eso quiere que cada potencial comprador socialice con él y con su familia.

–¿Tienes que hablar con niños pequeños? –Hannah no pudo evitar un tono algo burlón–. Suena a tu peor pesadilla.

–Sus hijos son mayores –contestó él–. El hijo solo tiene un año menos que yo.

–¿Y sus hijos tienen hijos?

–No tengo ni idea –Luca sonaba muy aburrido–. Seguramente. El hijo está casado.

Hannah consideró las implicaciones de todo lo que acababa de decir. Así que iba a socializar con Andrew Tyson y su familia, a charlar con sus hijos y a ser amigable. Estaba empezando a entender por qué Luca la había llevado.

–Así que quieres que sea tu representante –dijo lentamente.

Luca se giró para mirarla.

–¿Disculpa?

–Que yo hable –se explicó Hannah–. Que charle con su mujer y sus hijos mientras tú te centras en los negocios, ¿verdad?

Luca asintió con brevedad.

–Sí.

–De acuerdo –murmuró ella acomodándose en el asiento–. Puedo hacerlo.

–Bien –respondió Luca. Y volvió a su teléfono.

La sala VIP del aeropuerto cumplió por completo las expectativas de Hannah. Disfrutó de los lujosos asientos, del desayuno tipo bufé, y cuando Luca sugirió que aprovechara el spa que había al lado y se hiciera la manicura y la pedicura, no le dijo que no. ¿Por qué no disfrutar de todas las oportunidades que se le ofrecían?

Cuando subieron al avión se sentía agradablemente relajada. La estilista del spa le había dado un masaje en el cuello y en la cabeza mientras tenía los pies a remojo.

También le gustó la masculina mirada de aprecio que le había dirigido Luca cuando salió del spa. La estilista había insistido también en peinarla y maquillarla.

–Estás muy bien –dijo con tono aprobatorio. Y aunque Hannah sabía que no debería importarle lo que

Luca pensara de su aspecto, su àdmiración masculina despertó su lado más femenino.

–Creo que podría acostumbrarme a esto –le dijo cuando ocuparon sus asientos en la primera clase del avión.

Los labios de Luca se curvaron en una sonrisa.

–Estoy seguro de ello –aceptó las dos copas de champán que les ofreció la azafata y le pasó una a Hannah–. Y ahora deberías acostumbrarte a esto.

–¿Por qué estás tan empeñado en que me acostumbre al champán? –preguntó Hannah dándole un sorbo. Esta segunda vez las burbujas ya no le hicieron tantas cosquillas en la nariz.

–¿Por qué no? Deberías disfrutar de todas estas nuevas experiencias.

–Es verdad –reconoció Hannah–. Y ya que dices que se trata de una ocasión social, eso es lo que haré –le dio otro sorbo–. ¿Vamos a trabajar durante el vuelo?

–No.

–Entonces, ¿por qué viajo yo en primera clase?

–Quería ver cómo disfrutabas de la experiencia.

Hannah sintió cómo el estómago le daba un vuelco ante la implicación de sus palabras, ante la intimidad.

–Bien, pues sí lo estoy disfrutando –dijo tratando de recuperar la normalidad–. Gracias –lo último que necesitaba era empezar a sentirse atraída por su jefe. Le pasó la copa medio vacía a la azafata y se puso el cinturón de seguridad. Era el momento de que las cosas volvieran a ser como siempre habían sido.

Luca debía de estar pensando lo mismo, porque agarró la revista de la aerolínea y se pasó la cuatro horas de vuelo leyendo la prensa. Hannah le preguntó una vez si necesitaba que hiciera algo y él le espetó que no.

De hecho, cada hora de vuelo que transcurría parecía encontrarse más y más tenso. Tenía los músculos rígidos y el rostro contraído. Hannah se preguntó qué estaba pasando, pero no se atrevió a preguntar.

Cuando por fin aterrizaron en Santa Nicola, el Mediterráneo brillaba como una promesa azul en la distancia.

—¿Nos va a recoger alguien en el aeropuerto?

—Sí, uno de los empleados de Tyson —Luca se levantó del asiento y se puso la chaqueta del traje—. Deja que yo hable.

—De acuerdo... creí que querías que socializara.

—Sí. Pero no con los trabajadores.

Hannah se lo quedó mirando asombrada, pero la expresión de Luca no dejaba entrever nada. Le tendió una mano para ayudarla a levantarse, y ella la aceptó tras un segundo de vacilación.

El calor de su palma en la suya le provocó un escalofrío por todo el cuerpo, como si se hubiera saltado el último escalón de una escalera. Hizo amago instintivamente de retirarla, pero Luca se la apretó con más fuerza y tiró de ella hacia adelante.

—Vamos —murmuró—. La gente está esperando.

Con la mano en la suya, Hannah salió del avión con él, parpadeando al recibir el brillante sol en la cara. Entonces escuchó que alguien llamaba a Luca y sintió cómo él le pasaba el brazo por la cintura.

Hannah se puso rígida al sentir sus dedos en la cadera.

—¡*Signor* Moretti! Bienvenido a Santa Nicola —un hombre bronceado de aspecto amable vestido con pantalones cortos caquis y polo rojo con el logotipo de Tyson se acercó a ellos—. ¿Y ella es...? —preguntó mirando a Hannah con una sonrisa.

—Hannah Stewart —contestó Luca sosteniéndola con más fuerza contra su cuerpo—. Mi prometida.

Capítulo 4

HANNAH se quedó parada parpadeando al hombre que se hacía acercado a ellos. Le tendió la mano y ella se la estrechó aturdida.

–Encantado de conocerla, *signorina* Stewart. El *signor* Moretti había mencionado que iba a traer a su prometida, y todos estábamos deseando conocerla. Yo soy Stefano, uno de los empleados del señor Tyson.

Hannah solo pudo quedarse mirando a Stefano mientras trataba de que sus neuronas fueran capaces de hilar dos palabras. Pero la única palabra que le venía a la mente era la que Luca había utilizado con tanta confianza.

«Prometida».

¿Qué diablos...?

–Hannah –murmuró Luca. Y ella sintió la presión de su mano en la cintura, el calor de su palma.

Todavía mareada, Hannah forzó una sonrisa.

–Encantada de conocerle.

En cuanto pronunció aquellas palabras deseó no haberlo hecho. Ahora era cómplice en... lo que fuera aquello. Una mentira, obviamente. Un engaño. ¿Y con qué objeto? ¿Por qué diablos querría Luca fingir que ella era alguien que no era?

Porque él estaba fingiendo que era quien no era.

La respuesta resultó tan obvia que Hannah no podía creer que no se hubiera dado cuenta antes.

Andrew Tyson era un hombre de familia, y aquel fin

de semana era una ocasión social. Por supuesto. Luca Moretti, el famoso mujeriego, necesitaba una prometida para mostrar que también podía ser un hombre familiar como Tyson quería que fuera.

–Vengan por aquí –dijo Stefano señalando el Jeep descapotable con el logo de Tyson, un delfín saltando frente al sol–. La villa del señor Tyson está solo a unos minutos de aquí.

Hannah caminó como una autómata hacia el Jeep. Luca iba a su lado, con el brazo todavía en ella. Quería quitárselo, pero no sabía cómo. La agarraba como un torniquete. Trató de mirarle de reojo, pero Luca tenía la vista clavada al frente. ¿Qué diablos se suponía que debía hacer ahora?

Entraron en el Jeep y Stefano se sentó delante. Hannah apenas se fijó en el maravilloso entorno: las montañas proporcionaban un impresionante fondo a la exuberante vegetación que había a ambos lados de la carretera pavimentada de una sola dirección. Había leído que Santa Nicola estaba prácticamente sin explotar a excepción del resort, y ahora podía comprobarlo en la selva de flores de colores que llevaban a los magníficos jardines y a los muros altos de piedra rosa.

–Luca –murmuró enfadada, aunque no sabía por dónde empezar, cómo protestar–, no puedes...

–Ya está hecho –susurró él cuando el Jeep se detuvo frente a una villa de piedra pálida con hiedra y buganvilla subiendo por los muros.

–Lo sé –le espetó Hannah–. Y no deberías...

No pudo decir nada más porque Stefano se bajó para abrir la puerta de su lado y ayudarla con el pavimento adoquinado.

–El señor Tyson está deseando recibirles adecuadamente esta noche, durante la hora del cóctel. Mientras tanto pueden descansar y refrescarse.

–Gracias –murmuró Hannah, aunque lo único que quería era poner fin a aquella absurda charada. Estaba tan furiosa y asombrada que apenas podía hablar de modo civilizado con Stefano, quien por supuesto no tenía ni idea de lo que estaba pasando. Todavía.

Hannah se preguntó cómo se las iba a arreglar para decirle a él o a cualquiera allí la verdad. Luca lo había hecho prácticamente imposible, y sin embargo ella fantaseaba con ser clara y ver cómo Luca Moretti recibía su merecido. ¿Cómo se atrevía a ponerla en aquella posición?

Stefano los guio hacia la elegante entrada de la villa, un impresionante vestíbulo con vistas al mar. Siguieron por un largo corredor de suelo de terracota hasta llegar a unas dobles puertas de láminas que daban a una espaciosa y elegante habitación. En el centro había una enorme cama de matrimonio y tenía un balcón privado que daba a la playa. Las ligeras cortinas se agitaban con la brisa marina.

–Esto es maravilloso, gracias –dijo Luca estrechando la mano de Stefano.

El otro hombre se despidió y cerró las puertas tras ellos, dejándoles por fin a solas.

Hannah se giró para mirar a Luca, que estaba en el centro del dormitorio con las manos en los bolsillos traseros del pantalón y el ceño ligeramente fruncido mientras observaba los elegantes muebles de color crema y verde claro.

–¿Cómo has podido? –jadeó Hannah–. ¿Cómo te atreves?

Luca dirigió la mirada hacia ella. Parecía completamente tranquilo, sin asomo de remordimiento o vergüenza.

–Si te refieres al modo en que te he presentado...

–¡Por supuesto que me refiero a eso!

–Era necesario –Luca se acercó a las ventanas como si aquel fuera realmente el fin de la discusión.

Hannah se quedó mirando su ancha espalda y vio cómo cerraba las ventanas. Finalmente consiguió decir con lo que esperaba fuera un tono razonable:

–¿De verdad crees que esto puede funcionar?

Luca se giró para mirarla y alzó las cejas en gesto arrogante.

–No me embarco en aventuras condenadas al fracaso.

–Entonces tal vez estés a punto de vivir una nueva experiencia –le espetó ella.

–¿Por qué? ¿Por qué no iba a creer Andrew Tyson que eres mi prometida?

–Porque yo no soy...

–¿No eres adecuada? –Luca deslizó la mirada por ella, hablaba con voz dulce y al mismo tiempo férrea–. ¿No eres lo bastante guapa, inteligente o sofisticada?

Hannah sintió cómo se le sonrojaba todo el cuerpo.

–No, no lo soy –afirmó con rotundidad–. Y tú lo sabes muy bien. Ni siquiera había volado en primera clase hasta hoy. Ni había bebido champán. Así que todo lo has hecho para mantener esta... esta ridícula farsa –se miró las uñas barnizadas y apretó los puños–. El peinado, el maquillaje... solo querías que encajara en el papel.

–¿Y eso es tan inaceptable?

–¡Toda esta farsa es inaceptable! Me has engañado.

Luca suspiró, como si sus objeciones fueran un engorro.

–Es muy poco lo que te pido, Hannah.

–¿Muy poco? Me estás pidiendo que mienta a desconocidos. Que finja que... ¡que estoy enamorada de ti!

Aquellas palabras hicieron que se estremeciera. No había querido decir eso, y sin embargo... eso era lo que Luca le estaba pidiendo, ¿no?

–No te estoy pidiendo nada de eso –le contestó él–. Aunque no creo que fuera tan difícil, ¿no?

Hannah reculó, horrorizada por la implicación. ¿De verdad pensaba que era tan deseable... o solo que ella estaba desesperada?

–Sí, lo sería –afirmó con sequedad–. Porque apenas te conozco. Y a eso vino el rollo de ayer de «quiero conocerte mejor», ¿verdad? –sacudió la cabeza disgustada–. Bueno, al menos ahora ya sabes que soy hija única. Supongo que algo es algo. Asegúrate de comentarlo durante el cóctel.

–Tú me conoces lo suficiente –aseguró Luca con tono deliberadamente pausado–. Has trabajado para mí durante tres años. De hecho –continuó dirigiéndose hacia ella–, seguramente me conoces mejor que nadie.

–¿De verdad? –Hannah parpadeó, sorprendida y un poco triste por aquella afirmación. Sabía que Luca era un hombre solitario, pero sin duda tenía gente más cercana en su vida que su secretaria–. ¿Y tu familia?

–No está por aquí. Tú eres la única persona que me ve todos los días, Hannah. Conoces mis preferencias, mis fobias y mis rarezas. Sí, creo que me conoces muy bien.

–Pero tú no me conoces a mí –y no le importaba conocerle a él o no. No iba a interpretar el papel de su prometida ni aunque fuera su mejor amigo. Y desde luego, no lo era.

–Creo que te conozco un poco –dijo Luca con una sonrisa asomándole a los sensuales labios.

De pronto Hannah no pudo apartar los ojos de él.

–¿Qué? –no sabía nada de ella–. Nunca me habías preguntado nada sobre mi vida hasta anoche.

–Tal vez no me hace falta preguntar.

–¿Qué estás diciendo? –Luca había dado un paso adelante hacia ella y a Hannah se le puso el estómago del revés. Se llevó la mano al vientre y se mantuvo en su sitio aunque deseaba desesperadamente apartarse de él.

Pero Luca dio un paso más hacia delante.

–Veamos –murmuró con un murmullo que reverberó por los huesos de Hannah.

Estaba lo suficientemente cerca para que pudiera inhalar el aroma a madera de cedro de su loción para el afeitado. Y podía verle los tendones del cuello. En algún momento se había aflojado la corbata de seda y se había desabrochado los dos primeros botones de la camisa, de modo que podía ver la fuerte columna bronceada de su cuello, el tenue vello del pecho. Apartó la mirada de aquella visión.

–No me conoces –afirmó–. En absoluto. Porque si me conocieras sabrías que nunca habría accedido a hacer algo así.

–Por eso no te lo he preguntado, así que quizá sí que te conozco después de todo.

–No me conoces –insistió Hannah. Luca estaba lo bastante cerca para sentir su calor. Si extendía la mano podía ponérsela en el pecho, sentir el algodón de su camisa, el latido de su corazón, la flexión de sus poderosos músculos.

Hannah dejó escapar un suspiro, horrorizada por la naturaleza de sus pensamientos. ¿Qué clase de brujo era Luca Moretti, capaz de hechizarla con tanta facilidad?

–Yo creo que sí –murmuró él. Estaba frente a ella y la recorría con la mirada como una íntima caricia–. Sé que tomas el café con leche y dos terrones de azúcar, aunque finges que lo tomas solo.

–¿Qué...? –a Hannah se le aceleró el pulso. Era un detalle muy pequeño, pero era verdad. Añadía azúcar cuando estaba sola porque le daba vergüenza. Todas las mujeres profesionales de Londres parecían tomar el café sola y comer únicamente hojas de lechuga.

–Eso no es gran cosa –consiguió decir.

–Acabo de empezar –dijo él–. Sé que te guste mirar blogs de viaje durante la hora de la comida. Sé que tienes una ética de trabajo impresionante pero que a veces te avergüenza. Sé que estás decidida a ser alegre, pero a veces, cuando crees que nadie te mira, pareces triste.

Hannah aspiró con fuerza el aire. Estaba demasiado impactada para responder o para sonrojarse siquiera. ¿Cómo había visto Luca todas aquellas cosas?

–Y –terminó él dándose la vuelta– sé que hay una persona en tu vida llamada Jamie que te importa mucho.

Hannah se puso tensa.

–Bien hecho, Sherlock –se burló–. Está claro que eres muy perceptivo, pero eso no cambia lo que pienso... que esto está mal y que no tendrías que haberme forzado a verme en esta posición.

Luca se giró hacia ella. El calor que acababa de ver en sus ojos se había evaporado.

–¿Cómo te he forzado exactamente? –le preguntó con voz peligrosamente suave.

–No me has dejado opción –exclamó Hannah–. ¡Me has presentado como tu prometida! ¿Qué se suponía que debía hacer, decir que eres un mentiroso?

Él se encogió de hombros con gesto elegante. Los músculos se le contrajeron bajo la camisa.

–Podrías haberlo hecho –alzó sus ojos negros y penetrantes hacia ella–. ¿Por qué no lo hiciste?

–Habría sido muy incómodo para los dos. ¿Por qué no me lo dijiste antes?

–Porque te habrías negado.

Hannah se quedó mirando su expresión tranquila, la

dureza de sus ojos. Estaba frente a ella con gesto arrogante y seguro de sí mismo.

–No tienes el más mínimo remordimiento, ¿verdad? –le preguntó con curiosidad.

–No –reconoció Luca–. Porque si sueltas la indignación un instante te darás cuenta de que no te estoy pidiendo demasiado, Hannah. Andrew Tyson tiene unas expectativas irracionales respecto a los promotores que vayan a comprar sus preciosos resorts –le explicó–. Sé que soy el mejor para este trabajo, y no debería estar casado para ser seleccionado. El injusto es él, no yo.

–¿Cuántos candidatos más hay?

–Dos, y ambos están casados.

A Hannah le seguía dando vueltas la cabeza, pero se le había pasado algo de furia. No sabía si se debía a la impresionante fuerza de la personalidad de Luca o a que simpatizaba un poco con él. O tal vez solo estaba demasiado cansada para seguir peleando. Se dirigió despacio al diván de crema y se dejó caer en el suave asiento. Observó hipnotizada cómo Luca se quitaba la corbata y empezaba a desabrocharse la camisa.

–¿Qué estás haciendo? –balbuceó.

–Cambiarme. Tenemos que estar en el cóctel en menos de una hora.

–¿No puedes usar el baño?

–¿Por qué iba a hacerlo? –preguntó él a su vez con sonrisa pícara–. Después de todo, vamos a casarnos.

–Eres imposible –Hannah cerró los ojos para no ver a Luca quitándose la camisa. Pero tuvo un atisbo de su piel bronceada y bruñida, los músculos marcados y la línea de fino vello que se perdía en la cinturilla de los pantalones–. Todavía no me has dicho cómo va a ir esto.

–Vamos a actuar como si estuviéramos prometidos. Es muy sencillo.

–¿Sencillo? –Hannah abrió los ojos para mirarle. Estaba al otro lado de la habitación poniéndose el cinturón en un par de pantalones grises. Tenía el pecho gloriosamente desnudo–. No es tan sencillo, Luca. No estamos prometidos. Apenas nos conocemos. Si alguien nos pregunta algo sobre nuestra relación o cómo nos conocimos, no sabremos qué decir.

–Será mejor acercarnos lo más posible a la verdad –le aconsejó Luca poniéndose una camisa azul pálido–. Sigues siendo mi secretaria.

–Y resulta que estamos prometidos. Qué conveniente.

–¿Verdad que sí? –Luca le dirigió una sonrisa dura–. Y ahora deberías prepararte. Enseguida nos encontraremos con los Tyson en el cóctel.

Capítulo 5

LUCA se quedó mirando la puesta de sol que convertía el plácido mar en oro y esperó a que Hannah saliera del cuarto de baño. Trató de ignorar la culpabilidad que le punzaba, una sensación desagradable. De acuerdo, la había engañado. No tendría que haberlo hecho. Pero no le quedó opción. Pero Hannah no sería capaz de entenderlo, y él no tenía intención de explicárselo. Ahora no parecía estar tan enfadada, aunque había cerrado la puerta con bastante fuerza antes de entrar a cambiarse.

Luca suspiró inquieto y se giró hacia la espectacular vista. Tenía todos los nervios de punta ante la perspectiva de encontrarse cara a cara con Andrew Tyson. En los tres meses que habían pasado desde que Tyson anunció que iba a vender la cadena de resorts familiares, Luca no había hablado con él ni siquiera por teléfono. Todo se había hecho a través de intermediarios hasta este fin de semana. Ahora por fin podría mirar a la cara al hombre que había odiado durante tanto tiempo. Tenía que cerrar aquel trato. Y haría todo lo que hiciera falta para conseguirlo.

–¿Estás lista? –le preguntó a Hannah en voz alta. Tenían que estar en la terraza en cinco minutos.

–Sí –Hannah abrió la puerta y salió del baño levantando la cabeza pero con un cierto brillo de incertidumbre en la mirada.

Luca sintió que le faltaba el aire al verla. Se había

puesto un vestido de cóctel de seda color ciruela. La línea pura y limpia de la tela por encima del escote atrajo su atención hacia la elegancia de los hombros y del cuello y también a la excitante curva de los senos. El vestido se le ajustaba perfectamente a la estrecha cintura y luego le caía por los muslos hasta las rodillas. Llevaba unas medias transparentes sobre las largas y bien torneadas piernas y no tenía el pelo recogido en su habitual coleta, sino suelto en suaves ondas. Tenía un aspecto limpio, fresco y absolutamente encantador.

—Estás... muy bien –murmuró Luca.

—¿Tengo tu aprobación? –preguntó ella con ironía–. Bueno, tengo que hacer mi papel, ¿no? –se acercó a la maleta y rebuscó entre sus cosas hasta encontrar un collar de perlas–. No me siento culpable en absoluto porque te hayas gastado una fortuna en ropa para mí, por cierto.

—Me alegro –Luca se acercó al ver que le costaba abrir el cierre del collar–. Espera, déjame a mí.

Le deslizó los dedos por la nuca mientras se lo abrochaba y sintió cómo temblaba todo su cuerpo. Él también sintió el escalofrío. No pudo resistir pasarle los dedos por la suave piel de seda una vez más antes de apartarse.

—Gracias –murmuró Hannah sin mirarle.

Luca se dio cuenta de que un leve sonrojo se había extendido por su rostro. Se la quedó mirando y deseó tener una razón para volver a tocarla.

—No pareces tan enfadada como antes.

Ella le miró de reojo y luego bajó las pestañas.

—Supongo que no lo estoy. La verdad es que me caes bien –confesó agarrando un chal de encaje a juego a con el vestido–. Me gusta trabajar contigo aunque me molesta participar en esta farsa del compromiso. No quiero que pierdas esta oportunidad de negocio y desde luego yo no quiero perder mi trabajo. Así que aquí estamos –Hannah se giró hacia él con una sonrisa decidida en el rostro.

–Aquí estamos –se quedaron mirándose y el momento se prolongó mientras el sol seguía poniéndose y la habitación se oscurecía con sombras.

Finalmente Luca se levantó y le tendió la mano.

–Deberíamos irnos.

–De acuerdo.

Y con los dedos entrelazados en los suyos, salió con ella del dormitorio.

La terraza estaba bañada por los últimos rayos del sol del atardecer. Había unas antorchas encendidas y las parejas se movían entre varios camareros que llevaban bandejas con champán y espumosos cócteles.

Hannah agarró una copa de champán, le dio un sorbo y disfrutó de la sensación de las burbujas en la garganta. Miró a su alrededor. Había otras dos parejas, un hombre rubio de aspecto urbanita y una mujer delgada que a Hannah le sonaban, y un hombre de mediana edad con el pelo gris y una esposa sonriente que había conseguido embutirse en un vestido de seda verde. Su anfitrión no parecía estar por ninguna parte.

Luca parecía relajado a su lado, pero Hannah podía sentir la tensión que emanaba de él. Agarraba la copa de champán con demasiada fuerza. Se preguntó otra vez por qué le importaría tanto. Pero él nunca se lo contaría y ella tampoco se atrevería a preguntárselo.

–¡Bienvenidos! –un hombre de setenta y tantos años de aspecto jovial apareció en la puerta de la terraza con una sonrisa. Hannah reconoció a Andrew Tyson por la foto que había visto en la página web del resort. Un poco orondo, con el pelo rubio plateado y ojos marrones, en su juventud debió de ser muy guapo. Y seguía conservando un vigoroso carisma.

—Me alegra mucho teneros aquí por fin —dijo saliendo a la terraza—. Luca, James y Simon. ¿Os conocéis?

Los hombres intercambiaron miradas rápidas y tensos asentimientos de cabeza.

—Excelente, excelente. ¿Y tenéis todos algo de beber? —dirigió la mirada hacia Luca—. Luca Moretti. No nos conocíamos, pero por supuesto que he oído hablar de tus muchos logros en el mundo del mercado inmobiliario.

Hannah miró a Luca y vio en él una expresión desabrida.

—Gracias —murmuró él—. Quiero presentarte a mi futura esposa, Hannah Stewart —dijo impulsando a Hannah hacia delante como si fuera un trofeo.

—Hannah —Tyson la miró con atención, y por un instante ella se preguntó si no se percataría de que todo era una absurda farsa. Y se dio cuenta de que no quería estar expuesta de aquel modo, ni quería que lo estuviera Luca. Tal vez la había mentido y la había engañado, pero, ahora que estaba metida en aquel lío, quería que saliera bien.

—Encantada de conocerte —le dijo a Tyson extendiendo la mano para que se la estrechara.

Pero él le besó los nudillos con labios algo húmedos. Luca se revolvió incómodo a su lado.

—Lo mismo digo —aseguró Tyson—. ¿Cómo os conocisteis?

—Hannah es mi secretaria —intervino Luca—. Nos conocimos en el trabajo. No estoy a favor de mezclar los negocios con el placer, pero en este caso me resultó imposible no hacerlo —le dirigió a Hannah una mirada cariñosa que no le llegó a los ojos. Pero ella se estremeció de todas maneras. Su cuerpo reaccionaba al de Luca, o tal vez fuera su mente la que reaccionaba ante sus palabras. Sabía que eran mentiras, pero la afectaban de todas formas. Hacía mucho tiempo que ningún hombre le dirigía un piropo.

–Lo entiendo –dijo Andrew con sonrisa coqueta–. ¿Cómo se te declaró, Hannah? Si no te importa que te lo pregunte...

Oh-oh. La mente se le quedó en blanco durante un segundo y luego soltó una carcajada ligera.

–Oh, fue muy romántico, ¿verdad, Luca? –ronroneó pasándole al brazo por la cintura a su supuesto prometido.

El cuerpo de Luca se puso tenso bajo su mano. Ella continuó con la historia.

–Me sorprendió con un viaje a París de fin de semana... en jet privado. Y una de las noches me llevó a lo más alto de la Torre Eiffel. La había alquilado, así que estábamos completamente a solas.

–No sabía que se pudiera alquilar la Torre Eiffel –dijo Andrew.

Hannah continuó sin perder comba.

–Oh, sí se puede si conoces a la gente adecuada –se atrevió a guiñar un ojo–. ¿No es así, Luca?

–Sí –Luca sonrió sin ninguna gana.

–¿Y luego qué pasó? –preguntó la mujer del vestido de seda verde.

Todo el mundo estaba escuchando la historia ahora, intrigados por tanto romanticismo. Hannah sabía que no debía pasarse de la raya. Después de todo se trataba de Luca Moretti, y su reputación le precedía. Y sin embargo... si Luca hacía algo lo hacía bien, incluida una proposición de matrimonio.

–Y luego me dijo que estaba locamente enamorado de mí –terminó Hannah con despreocupación–. Y se me declaró. Con una rodilla hincada –concluyó suspirando.

Andrew esbozó una sonrisa y le señaló la mano con la cabeza.

–Pero no tienes anillo, querida.

–Oh, sí lo tengo –le aseguró Hannah–. Luca me regaló uno magnífico, una herencia familiar de varios cientos de años, aunque cambió el diseño para mí. Zafiros y diamantes. Precioso.

–¿Y dónde está ahora? –preguntó la mujer delgada.

–Era demasiado grande, Luca no calculó bien –Hannah le dio una palmadita juguetona en la mejilla e ignoró su mirada de advertencia–. Me lo están arreglando en la joyería –se giró hacia Andrew Tyson con una sonrisa–. Te aseguro que la próxima vez que nos veamos quedarás cegado por su brillo.

¿Por qué había dicho eso? No quería volver a ver a Andrew Tyson. Pero se había dejado llevar.

–Seguro que sí, querida –murmuró Andrew.

Se giró hacia otro invitado y Hannah dejó caer los hombros con gesto de alivio. Podía sentir las miradas de los otros hombres de negocios y de sus mujeres, que sin duda se preguntarían qué había visto Luca Moretti en ella.

–Se te da muy bien –le murmuró Luca al oído–. Deberías dedicarte a la interpretación.

–Shh –le reprendió Hannah. Se habían apartado un poco del grupo y estaban ambos mirando al mar, ahora sumido en la oscuridad. La luna acababa de salir y reflejaba un brillo de plata sobre el agua–. La verdad es que me he divertido.

–Ya me he dado cuenta –afirmó él–. Casi me creo que te había dado un anillo heredado. Si llego a saber que se te iba a dar tan bien te habría metido en el ajo antes.

–Es más bien un caso de necesidad –le recordó Hannah mirando hacia el grupo–. Supongo que deberíamos mezclarnos con ellos. ¿La mujer de Tyson no está aquí? ¿Ni sus hijos?

Las facciones de Luca se pusieron tensas.

–Se reunirán con él mañana. La cena de mañana será un acontecimiento de gala.

–¿Cuándo anunciará quién se lleva la oferta?

Luca se encogió de hombros.

–¿Quién sabe? Creo que está jugando con todos nosotros.

Hannah miró a Andrew, que estaba hablando personalmente con cada uno de los invitados.

–Parece un hombre agradable.

–A veces las apariencias engañan.

Hannah se giró para mirarle, sorprendida por la dureza de su tono de voz.

–No te cae bien.

–No le conozco –respondió Luca apurando lo que le quedaba en la copa–. Pero no me gusta que me obliguen a fingir. Sus exigencias son irrelevantes y poco razonables. Vamos –la tomó del brazo para volver con la gente.

Hannah no tuvo más remedio que seguirle. El Luca Moretti que ella conocía no se plegaría a las demandas de nadie, y menos si no le parecían razonables. Entonces, ¿por qué lo hacía en este caso?

No tuvo tiempo de ponderar la cuestión porque se vieron implicados en la complicada dinámica social de tres hombres que se respetaban aunque no se cayeran bien, y a los que unía el mismo trabajo.

En la cena se sentó al lado de Daniel, la mujer delgada y bella que era la compañera de James, el presidente de una importante empresa de desarrollo de Londres.

–Y dime, ¿cuánto tiempo llevas trabajando para

Luca? –le preguntó a Hannah cuando sirvieron el primer plato.

Hannah observó disimuladamente el cuerpo delgado y alto de Daniela, el largo cabello rubio que no paraba de apartarse del hombro con gesto estudiado.

–Tres años.

–¿Y cuánto tiempo lleváis prometidos?

–Unas semanas –Hannah le dio un sorbo a la sopa fría de pepino para no tener que decir nada más.

–Nunca pensé que un hombre como Luca se casaría –dijo Daniela mirando fijamente al hombre en cuestión, que estaba charlando con Simon, el tercer candidato–. Siempre me pareció de los que se iban después.

–Hasta que encontró a alguien con quien quiso quedarse –respondió Hannah.

Daniela arqueó una ceja con gesto de evidente escepticismo.

–Eres muy distinta a las mujeres con las que suele salir Luca. No eres tan... refinada.

Dolida por aquel ataque tan poco sutil, Hannah alzó la barbilla.

–No sabía que lo conocieras tanto.

–Oh, sí que lo conozco –dijo Daniela con tono sombrío.

Hannah estaba furiosa por dentro. Luca podría haberle advertido de que iba a estar una antigua aventura suya allí, dispuesta a sacar sangre con las garras.

Para cuando sirvieron el café, a Hannah le estaba costando ya trabajo mantener aquella farsa. Ya se le había pasado la emoción de fingir ser quien no era, y estaba deseando volver a su habitación y dormir. En realidad, lo que quería era regresar a Londres y acurrucarse con su hijo.

Luca debió de notar la fatiga de su rostro porque se levantó al instante de la silla con elegancia.

–Ha sido una velada maravillosa, pero me temo que he agotado a mi prometida. ¿Nos disculpáis?

–Por supuesto –aseguró Andrew poniéndose a su vez de pie–. Os veremos por la mañana.

Luca y Hannah se despidieron del resto del grupo y se dirigieron en silencio a su habitación. Hannah supuso que no iban a compartir la cama. Luca se portaría como un caballero y se acostaría en el diván. O eso esperaba.

Y sin embargo, la idea de compartir habitación con Luca hacía que le sudaran las manos. Era tan viril y tan sensual... Hannah había sido inmune en el ambiente de la oficina, pero allí podía sentirlo con fuerza, y la luz de la luna y la suave brisa del mar conspiraban para que todo pareciera muy romántico.

Luca abrió la puerta de su dormitorio y se echó a un lado para dejarla pasar. Luego se quitó la chaqueta mientras ella se descalzaba con un gemido de alivio. Después miró hacia la cama, la habían abierto y la colcha doblada revelaba la sábana de seda que había debajo.

–¿Cómo lo vamos a hacer? –preguntó, decidida a agarrar el toro por los cuernos.

–¿A qué te refieres? –preguntó a su vez Luca sin mirar a la cama.

Ya se estaba desabrochando la camisa, y que Dios la ayudara, iba a quitársela otra vez.

–Para dormir –dijo Hannah apartando la vista de la tentadora visión del pecho de Luca–. No podemos dormir en la misma cama.

–¿Por qué no? –Luca parecía estar divirtiéndose.

–¡Porque no! –asombrada, se giró hacia él y vio cómo se quitaba la camisa y pasaba al cinturón–. Luca, ¿no puedes cambiarte en el baño?

–¿Qué eres, monja? Si te vas a sentir mejor, no dormiré desnudo como suelo hacer.

–Qué detalle –murmuró Hannah apretando los labios–. En serio, Luca...

–En serio –dijo él agarrando unos pantalones de pijama que dejaban muy poco a la imaginación–. Es una cama muy grande. Podemos dormir los dos ahí. Yo necesito descansar, y no quiero que nadie sospeche que no dormimos juntos. Y por si acaso te preocupa, soy perfectamente capaz de compartir cama sin abalanzarme sobre la otra persona.

Hannah se apartó cuando Luca se bajó los pantalones para ponerse el pijama.

–No me preocupa eso –afirmó mirando fijamente las cortinas corridas sobre las puertas del balcón mientras escuchaba el sonido de la ropa deslizándose por el cuerpo de Luca.

–Ya estoy vestido –aseguró él–. Te puedes girar.

Hannah obedeció. Y contuvo el aliento al ver su pecho desnudo, sus pectorales esculpidos cubiertos por un ligero vello oscuro. Los pantalones del pijama le colgaban de las caderas, así que también podía ver los duros músculos de su abdomen. Apartó la vista al instante.

–Si no te preocupa que vaya a abalanzarme sobre ti, ¿de qué tienes miedo? –preguntó Luca.

¿Por qué tenía que sonar tan razonable? ¿Y hacerla sentir a ella tan ridícula?

–Es solo que no me parece apropiado –murmuró ella.

–Hannah, ya pasamos de lo «apropiado» hace rato –Luca avanzó un paso hacia ella–. Has estado magnífica. Yo mismo casi me creo toda esa historia de la Torre Eiffel y el anillo. Y parecías estar divirtiéndote.

–Un poco –Hannah se mordió el labio inferior.

–Así que tal vez deberías dejar de pensar en lo que

52

resulta apropiado en esta situación –sugirió Luca con un murmullo. Estaba apenas a un paso de ella–. Déjate llevar por el espíritu de la situación. Como has hecho esta noche –se giró hacia la enorme cama–. Así que, ¿a qué esperas? Ven a la cama.

Capítulo 6

LUCA estaba tumbado en la cama con los brazos colocados detrás de la cabeza mientras esperaba a que Hannah saliera del baño. Llevaba allí bastante rato, seguramente reuniendo fuerzas. Había estado increíble aquella noche. Brillante, divertida y encantadora, y Luca se dio cuenta de que Andrew Tyson había caído bajo su embrujo.

Se abrió la puerta del baño y Hannah salió. Llevaba el pelo suelto y se había puesto...

—¿Qué diablos es eso?

Hannah se miró la camiseta desteñida y los pantalones cortos sin forma.

—Mi pijama.

—¿No te compraste un pijama en la tienda?

—Si te refieres a ese minúsculo trozo de encaje en forma de negligé, sí. Pero no voy a ponerme eso –le miró con cierto sonrojo–. Hay límites, Luca.

—No puedes llevar eso. El servicio vendrá por la mañana para traernos el desayuno a la cama, y quiero que piensen que hemos pasado la noche devorándonos el uno al otro como haría cualquier pareja recién prometida durante unas vacaciones.

En cuanto pronunció aquellas palabras, unas imágenes cargadas de fuego le cruzaron por la mente. Y sintió cómo Hannah se ponía tensa a su lado.

—¿Y no lo pensarán si voy vestida así? –dijo Hannah tras un instante–. Pues qué pena.

Se apartó de él. Luca suspiró y apagó las luces. Había presionado demasiado, supuso, aunque en realidad lo que quería era ver a Hannah con aquel camisón tan sexy.

–Podrías haberme advertido de lo de Daniela –dijo ella tras un tenso silencio durante el que Luca trató de controlar el deseo que le recorría todo el cuerpo–. Está claro que te conoce.

–Salimos juntos una vez hace un año –reconoció Luca–. Pero no pasó nada entre nosotros.

–Está claro que a ella le hubiera gustado que pasara –murmuró Hannah.

–Tal vez –concedió Luca.

–Yo diría que sin duda, a juzgar por las miradas que te ha estado lanzando durante la cena. Y no estaba precisamente impresionada conmigo.

–¿Qué quieres decir?

Ella no respondió al instante. Luca no podía ver sus facciones en la oscuridad, solo la forma de su cuerpo bajo la colcha. Escuchó el suave sonido de su respiración y le pareció extrañamente íntimo.

–Bueno –dijo Hannah finalmente–, está claro, ¿no? Una secretaria sosa no es precisamente tu tipo.

–Tú no eres sosa, Hannah.

Ella se rio.

–Vamos, Luca. Tu tipo son las supermodelos y las mujeres de mundo. Y yo no soy ninguna de las dos cosas.

–Eso no significa que seas sosa.

–No soy ni glamurosa ni espectacular –insistió Hannah–. No me importa –se movió y el colchón se hundió un poco–. ¿Por qué sales con ese tipo de mujeres y no con chicas normales?

–Bueno –Luca se aclaró la garganta. La situación le hacía gracia, pero también se sentía un poco avergonzado–. No me interesa su personalidad.

Hannah guardó silencio durante un instante.

–Vaya, eso es muy fuerte.

–Intento ser sincero.

–Excepto cuando engañas a un grupo de personas haciéndoles creer que estás a punto de casarte.

Hannah se giró hacia él, aunque Luca no podía verle la cara en la oscuridad. Sintió el alarmante impulso de pasarle la mano por el cuello y atraerla hacia sí. De besar aquellos sensuales labios.

–¿Por qué buscas lo superficial? –preguntó–. ¿Por qué solo te interesa el sexo? Porque eso es lo que estás diciendo, ¿no?

Luca guardó silencio durante un largo instante e intentó dar una respuesta sincera pero que no revelara demasiado.

–Porque no vale la pena tener nada más –dijo finalmente.

Esperó la respuesta de Hannah y se preparó para una batería de preguntas. Pero su voz salió en un susurro lastimero.

–Tal vez no –reconoció.

Luca esperó a que dijera algo más, pero no lo hizo. Él cerró los ojos y se dijo que era mejor así, porque no quería explicar su respuesta aunque una parte de él quería saber por qué Hannah estaba de acuerdo con él.

Al cerrar los ojos se le agudizaron los otros sentidos, así que podía aspirar su aroma ligeramente floral, sentir el calor de su cuerpo cerca del suyo, escuchar el suave movimiento de su respiración.

El deseo se apoderó de él de nuevo, esta vez con más intensidad, y Luca se puso de costado y trató de alejarse y de dormirse. Hannah suspiró y aquel sonido llenó toda la estancia.

–¿Pasa algo? –preguntó Luca con voz tirante.

–Esto es un poco extraño –dijo ella en la oscuridad.

–Duérmete, Hannah –murmuró él con cierta irritación.

Luca contuvo un gemido. Aquella iba a ser una noche muy larga.

Hannah se despertó cuando llamaron suavemente a
la puerta con los nudillos y parpadeó al levantar la cabeza de la almohada.

–Un momento –dijo Luca. Entonces le pasó el brazo
por la cintura y la atrajo hacia el muro de su pecho.

La sensación de su cuerpo en aquel contacto tan íntimo la dejó sin respiración y se quedó paralizada. Luego sintió su erección contra los muslos y gimió en voz
alta.

–Es por la mañana –murmuró Luca–. Eso es todo.

De acuerdo, muy bien. Era una mujer adulta y entendía las funciones biológicas básicas. Pero sinceramente, aquello iba mucho más allá de sus responsabilidades. Y sin embargo le gustaba.

Cuando se abrió la puerta, Hannah ajustó su cuerpo
al de Luca. Aquello era con lo que había estado fanta-
seando la noche anterior, y la realidad era todavía mejor de lo que había imaginado. El pecho desnudo resultaba cálido y solido y su aroma era embriagador. La
presión de su mano en la parte baja de la espalda hizo
que se arqueara contra su cadera. La erección de Luca
se le acomodó entre los muslos despertando una llama
en su interior. Luca movió instintivamente el cuerpo
hacia atrás y luego se detuvo.

Mortificada, Hannah trató de apartarse pero los brazos de Luca se lo impidieron.

–Quédate quieta –le ordenó con tono de acero.

Dos miembros del servicio entraron empujando un
carrito con dos bandejas de desayuno, y Luca se incor-

poró en la cama arrastrando a Hannah con él, de modo
que ambos quedaron apoyados contra las almohadas.
Se les había bajado la colcha hasta el regazo, y Hannah
se sintió ridícula con aquel pijama que había perdido el
color de tanto lavado. En cuanto al pelo... levantó las
manos y se tocó la masa despeinada que le rodeaba la
cabeza y Luca sonrió, colocándole un mechón detrás de
la oreja.

–Nada como el pelo revuelto de por las mañanas
–dijo con una sonrisa pícara.

Hannah parpadeó sorprendida hasta que se dio cuenta
de que estaba actuando para el servicio.

–Me encanta que me ames independientemente de
mi aspecto –respondió ella con dulzura.

El personal de servicio les pasó las bandejas y Hannah les dio las gracias, se incorporó y miró el zumo de
naranja recién exprimido, la jarra de café, la tostada, la
fruta fresca y la tortilla de aspecto más delicioso que
había visto en su vida.

Las dos personas se marcharon en silencio y Hannah agarró la tostada. No iba a mirar a Luca y a recordar lo que había sentido con sus brazos rodeándola,
cómo se había arqueado hacia él...

–Bueno, ¿cuál es el plan para hoy? –preguntó, decidida a ignorar lo ocurrido.

Pero al parecer Luca no estaba de acuerdo.

–Para que quede claro –afirmó–, esto es una actuación, nada más.

Hannah le miró con recelo y trató de mantener la
vergüenza a raya.

–Tú eres quien insistió en que compartiéramos la
cama.

–Y tú eres la que se apretó contra mí como una lasciva –le espetó él.

–¿Una lasciva? –Hannah apartó a un lado la bandeja

del desayuno y se levantó de la cama. Se le había qui-
tado el apetito–. ¿En qué siglo vives?

–Hablo en serio, Hannah...

–Créeme, ya he pillado la advertencia. Y lo mismo
que tú, Luca Moretti, soy perfectamente capaz de compartir cama con alguien sin abalanzarme sobre él –de-
batiéndose entre la furia y las lágrimas, agarró su ropa
y se metió en el baño dando un portazo.

Luca suspiró y cerró los ojos. Había manejado la
situación de la peor manera posible. Llamar a Hannah
Stewart lasciva era como llamar santo a Andrew Tyson.
Absurdo. Ridículo.

Abrió los ojos y se pasó una mano por el pelo, preguntándose cuál sería la mejor manera de reparar el
daño. ¿La sinceridad? La verdad era que se había sentido más excitado y tentado por el cuerpo de Hannah de
lo que debería. Cuando se apretó contra él sintió cómo
su preciado control empezaba a desintegrarse, y tuvo
que hacer un gran esfuerzo por recuperarse. El lascivo
era él, no Hannah.

Le dio un sorbo a su café. Tenía que centrarse en la
razón por la que había ido a Santa Nicola. No podía
permitir que nada lo distrajera de su objetivo. Tenía que
cortar aquella situación de raíz.

Quince minutos más tarde, Hannah salió del cuarto
de baño con el pelo húmedo y la expresión serena. Se
había puesto un bonito vestido de lino que le rozaba los
senos y se le ajustaba a la cintura. No miró a Luca.

–Lo siento –dijo él apartando la bandeja del desayuno–. No tendría que haber dicho eso.

–Tienes una tendencia a la brusquedad –replicó Hannah mientras trataba de ponerse el collar de perlas. Esta
vez Luca no se ofreció a ayudarla.

–No estaba siendo brusco. Estaba disimulando.

Ella le miró de reojo y apartó la vista otra vez.

–¿Cómo es eso?

–Me siento atraído por ti –reconoció–. Para mi propia sorpresa. Estaba enfadado conmigo mismo y por la reacción de mi cuerpo, no contigo.

–Debe de ser tremendamente irritante sentirse atraído por alguien como yo –respondió ella. Pero se había sonrojado un poco–. Alguien con sentimientos y una talla normal de sujetador.

–Hannah –le advirtió él apretando los dientes. Lo último que necesitaba aquella mañana era una pelea con la mujer que se suponía que era su sumisa falsa prometida.

Ella se giró de golpe. Echaba chispas por los ojos.

–¿Qué te parece si me escuchas una vez para variar? Yo no pedí venir a esta isla. Yo no pedí fingir que era tu prometida. ¡Yo no pedí compartir la cama contigo! ¡Y todavía tienes el valor de llamarme lasciva!

–Ya te he dicho la razón...

–¿Y crees que eso lo mejora? Has dicho que no puedes entender por qué te sientes atraído por alguien como yo. Bueno, pues muchas gracias, Luca. Muchísimas gracias.

Volvió a darse la vuelta. Le temblaban las manos cuando intentó ponerse los pendientes. De acuerdo, Luca entendía que lo que dijo podía parecer un insulto, pero...

–No quise decir eso...

–Yo creo que sí. Pero da igual, en realidad no me importa –Hannah se echó el pelo hacia atrás por los hombros–. Vamos a terminar con este día, ¿de acuerdo?

Luca vaciló. Quería calmar su furia, pero le daba la sensación de que Hannah no estaba por la labor. Se metió en el baño para ducharse sin decir una palabra.

En cuanto se cerró la puerta, Hannah dejó escapar un suspiro tembloroso y se sentó en el sofá. No entendía que sus emociones pasaran de un deseo abrumador a la furia descontrolada. ¿Qué le estaba pasando?

Sabía la respuesta. Era Luca Moretti. Aprovechando que estaba en la ducha, agarró el móvil.

Diane respondió a la primera.

—Hola, mamá —dijo Hannah con tono agotado—. Soy yo.

—Hannah, ¿estás bien? Suenas cansada. ¿Ocurre algo?

—No, es que está siendo un fin de semana de trabajo intenso —se podría haber ahorrado la palabra «trabajo»—. ¿Se ha despertado Jamie?

—Sí, está desayunando. Te lo paso.

Hannah cerró los ojos y escuchó el murmullo de su madre y la respuesta emocionada de su hijo.

—¿Mamá?

Una oleada de nostalgia se apoderó de ella.

—Hola, cariño. Te echo de menos.

—Y yo. La abuela dice que estás en una isla.

—Sí, es muy bonita. Intentaré llevarte algo de regalo. ¿Qué te parecen algunas rocas y conchitas para tu colección?

—Sííí —exclamó Jamie—. ¿Me puedes traer una caracola gigante?

—No sé —Hannah se rio—. Tal vez estén protegidas. Pero te llevaré algo, Jamie, te lo prometo. Pórtate bien con la abuela.

—Sí.

—Siempre se porta bien —le aseguró Diane cuando Hannah se hubo despedido de su hijo—. No trabajes mucho.

—Yo siempre trabajo mucho —contestó Hannah sin falsa modestia—. Te quiero mamá.

—Hannah, ¿seguro que estás bien?

—Sí, perfectamente —entonces escuchó cómo se abría la puerta del baño y se despidió rápidamente.

Estaba guardando el teléfono cuando Luca salió recién afeitado, el pelo mojado y una toalla a la cadera.

–¿Estabas hablando por teléfono?

Hannah apartó la mirada de la excitante visión de su cuerpo casi desnudo.

–¿Es un delito?

–Por supuesto que no. Escucha, Hannah, ya te he dicho que lo siento. ¿Podemos darnos una tregua?

Hannah aspiró con fuerza el aire, sabía que estaba siendo infantil y excesivamente emocional. Era una profesional, por el amor de Dios, y Luca era su jefe. Podía manejar la situación.

–Lo siento –dijo con tono neutral–. Olvidémoslo. Borrón y cuenta nueva, ¿de acuerdo?

Se giró hacia él con una sonrisa radiante y decidida, y en ese momento Luca dejó caer la toalla.

Capítulo 7

HANNAH volvió a girarse para no ver el cuerpo desnudo de Luca y se tapó los ojos con la mano.

Dejó escapar una risa nerviosa.

—No estás poniendo las cosas fáciles.

—Lo siento. No me gusta cambiarme en el baño. Ya estoy vestido.

Hannah bajó la mano.

—Ponerse unos calzoncillos bóxer no es estar vestido, en mi opinión.

—Las partes importantes están cubiertas —contestó él agarrando una camisa.

—No te entiendo —reconoció ella—. Te quitas la ropa y actúas como si fuera una ridiculez por mi parte sentirme ofendida, y luego te enfadas y me acusas prácticamente de ser una buscona por responder cuando estás prácticamente desnudo a mi lado —trató de sonreír, pero estaba demasiado confundida—. Pensé que eran las mujeres quienes normalmente lanzan mensajes contradictorios.

Lucas, que se estaba abrochando los botones de la camisa, bajó la mirada.

—Esta situación es nueva para mí —admitió con un gruñido—. Y me siento tenso. No sé cómo actuar.

Hannah suspiró y agarró las sandalias con cintas que iban a juego con el vestido.

—Y dime, ¿cuál es el plan para hoy?

–Tú vas a pasar el día con las otras mujeres visitando la isla mientras yo hago mi presentación.

–Vaya, eso no es sexista ni nada.

Luca arqueó una ceja y siguió abrochándose la camisa.

–No estás aquí como mi secretaria.

–Lo sé muy bien. ¿Así que tú te vas a pasar el día en la sala de juntas mientras yo me defiendo de los ataques de Daniela?

–Es inofensiva. Apenas la conozco.

–Creo que ella podría no estar de acuerdo con eso. ¿Y de qué va tu presentación?

Luca vaciló un instante y luego agarró unos pantalones grises.

–De cómo voy a rehabilitar la marca Tyson.

–Los resorts parecen un poco destartalados en la página web.

–Así es –afirmó Luca asintiendo con sequedad–. Llevan veinte años sin reformarse.

–¿Por qué los vende Tyson? ¿No quieren sus hijos ocuparse del negocio?

Una sonrisa amarga curvó los labios de Adrian.

–No, no les interesa.

–Eso es una lástima, teniendo en cuenta lo familiar que es.

–A mí me rompe el corazón –ironizó Luca. Escogió una corbata azul cobalto y empezó a hacerse el nudo.

–¿Y cuáles son tus planes para los resorts? –quiso saber Hannah–. ¿Cómo vas a rehabilitarlos? Nunca he impreso ningún documento al respecto.

–No, lo hice yo mismo –Luca sonrió–. Soy capaz de manejar una impresora a pesar de que suelo pedirte a ti que me hagas las copias.

–¿Puedo ver el plan? Tengo curiosidad.

Luca compuso un gesto de sorpresa. Terminó de hacerse el nudo y arrugó la frente.

–De acuerdo –dijo finalmente. Y se acercó a su maletín, de donde sacó una carpeta con documentos.

Hannah se unió a él en el diván. Sus muslos se rozaban mientras Luca abría la carpeta y sacaba la presentación que había preparado. Las coloridas imágenes de la primera página eran la visualización de un arquitecto sobre cómo podría quedar el resort, con villas en diferentes tonos pastel, piscinas con cascadas y jacuzzis, y muchas flores de colores y arbustos. Resultaba acogedor y fresco.

Hannah pasó la página y leyó los párrafos que describían los planes de Luca al detalle. Sabía que los proyectos inmobiliarios de Luca siempre contaban con energías sostenibles y materiales reciclados, y este no era una excepción. Pero la propuesta iba un paso más allá, y buscaba incorporar la cultura local y la economía de cada una de las islas en las que había un resort Tyson en lugar de convertirlo en un enclave exclusivo situado tras unos muros altos de piedra, separado de los habitantes locales.

Hannah se fijó también en que era muy familiar, tenía habitaciones de hotel y zonas para acomodar tanto a niños como a adultos. A Jamie le encantarían las piscinas con cascadas y los toboganes de agua que se mostraban en los planos de uno de los resorts. Alzó la vista para mirar a Luca, que miraba las imágenes con el ceño fruncido.

–Esto es muy astuto para ser alguien que no tiene hijos.

Él se encogió de hombros.

–Hice mis investigaciones.

–Me gusta –dijo Hannah devolviéndole la carpeta–. Me gusta mucho.

Luca había hecho la investigación, pero había una pasión que hablaba de algo más que de tomarle el pulso al mercado. Eso la sorprendió y la conmovió, le parecía que sus planes para el resort habían revelado algo sobre él, algo de lo que ni siquiera Luca era consciente.

Le importaba.

Sus últimas reservas sobre llevar a cabo aquella farsa del compromiso desaparecieron. Estaba allí, y había accedido a ayudar a Luca.

—Muy bien —dijo levantándose del diván con una sonrisa radiante—. Es hora de enfrentarse a la temible Daniela.

Luca esbozó una sonrisa.

—No es tan mala.

—¿Por qué no salieron bien las cosas entre vosotros? —preguntó Hannah con naturalidad, ignorando la punzada de celos que le provocó la pregunta.

—Era demasiado absorbente.

—¿Qué pasa, quería quedarse a pasar la noche? —bromeó Hannah.

—Ya te he dicho que nunca llegamos tan lejos. Además, anoche estuviste de acuerdo conmigo en que las relaciones no valen la pena —le recordó Luca.

Hannah se quedó paralizada un instante.

—Dije que «tal vez» —le corrigió—. Todavía no ha salido el veredicto.

—¿Pero no tienes una relación? —insistió él entornando los ojos.

Hannah ladeó la cabeza.

—Eso no es asunto tuyo.

Luca dirigió la mirada hacia la cama y recordó lo que acababa de suceder ahí.

—Teniendo en cuenta la naturaleza de este fin de semana, yo diría que sí.

—De acuerdo. No, no tengo una relación —y no la

había tenido desde hacía más de cinco años–. El trabajo me mantiene muy ocupada –añadió antes de darse la vuelta.

Salieron de la habitación para unirse a los otros invitados a tomar café y pastas en el espacioso vestíbulo. En la mesa de mármol había un centro de lilas, y Hannah vio cómo Luca apretaba los labios y se apartaba del ostentoso arreglo. Sabía que no le gustaban las lilas, pero ahora se preguntó la razón de aquella manía en particular.

Tras media hora de charla, Andrew Tyson se llevó a los hombres a su despacho para las presentaciones. Mientras tanto, un miembro del servicio acompañó a las mujeres al coche que las estaba esperando para dar una vuelta por Santa Nicola.

Hannah estaba deseando conocer un poco la isla, pero no le apetecía estar en la hostil compañía de Daniela. Afortunadamente, la tercera mujer del trío, Rose, se colocó al lado de Hannah y estuvo charlando con ella de sus tres hijos durante todo el camino a Petra, la única ciudad de la isla. Daniela iba sentada en la parte de atrás con el gesto torcido mirando por la ventanilla.

Hannah pasó una mañana sorprendentemente agradable recorriendo las pavimentadas calles de Petra, admirando sus casas blancas de persianas coloridas y tejados de terracota.

Compró en un mercadillo un barquito de madera hecho con conchitas para Jamie.

–¿Para quién es eso? –preguntó Daniela apareciendo a su lado en la plaza.

Hannah se las había arreglado para evitar a Daniela la mayor parte del día, pero supuso que era inevitable la confrontación.

–Es un barco para mi sobrino –dijo de buen humor. No le gustaba mentir respecto a su hijo, pero Daniela era la última persona del mundo a la que confiaría nada, y que ella tuviera un hijo y Luca no lo supiera acabaría con la ilusión de que su compromiso fuera real.

Daniela alzó sus cejas perfectamente depiladas.

—¿Ya conoces a los padres de Luca? –le preguntó.

Hannah se puso tensa. La pregunta parecía inocente, pero conociendo a la otra mujer, supo que tenía doble fondo. Guardó el regalo para Jamie en el bolso de paja que se había comprado para ganar tiempo. Luca le había dicho que se mantuviera lo más cerca posible de la verdad, así que eso hizo.

—No, todavía no –dijo mirando el rostro contraído de Daniela y tratando de sonreír.

—¿Todavía no? –repitió Daniela con desdén–. Entonces, ¿no sabes que es huérfano? Sus padres murieron cuando él era pequeño –sonrió triunfal.

Hannah trató de mantener una expresión neutra.

—Hemos tenido un noviazgo muy breve –afirmó con fingida normalidad–. Todavía estamos aprendiendo cosas el uno del otro.

—Nosotros solo tuvimos una cita y me lo dijo entonces –contestó Daniela.

—¿Solo una cita? –Hannah no pudo evitar ponerse a la altura de la mujer–. Entonces tal vez ya va siendo hora de que superes a Luca.

Aquella conversación se le quedó en la cabeza durante el resto del día, y respiró aliviada cuando volvieron al resort. Luca no estaba en la habitación cuando ella llegó, y Hannah guardó sus compras antes de llenar la bañera para darse un baño de espuma. Antes de dejarlas, el miembro del personal de servicio les había contado a las tres mujeres el plan de la noche: cócteles en la terraza con Tyson y su familia y a continuación cena formal y baile.

Horas y horas fingiendo. La perspectiva hizo que Hannah se sintiera agotada y tensa, pero también un poco emocionada. ¿Bailaría Luca con ella? La idea de balancearse en silencio con él, aspirar su calor y su aroma con sus brazos estrechándola bastó para que el estómago se le pusiera del revés.

Y no pasaba nada, se dijo Hannah. Así que se sentía atraída por Luca. ¿Qué mujer no lo estaría? ¿Por qué no iba a disfrutar de bailar con él? Aquello no iba a ir a ninguna parte. Ella no buscada una relación, y tampoco una aventura de una noche. Solo quería unos momentos de alegría.

La puerta del dormitorio se abrió justo cuando Hannah salía del baño envuelta en un enorme albornoz.

–¿Qué tal ha ido? –le preguntó.

Entonces vio con desmayo cómo Luca se quitaba la corbata, se acercaba al minibar y se servía dos dedos de whisky que se bebió de un trago.

–Muy bien.

Hannah se apretó el cinturón del albornoz.

–No actúas como si hubiera ido muy bien –observó con cautela.

–He dicho que ha ido muy bien –le espetó él sirviéndose otra copa.

Hannah le miró y se preguntó qué demonio tendría a la espalda. Porque eso era lo que parecía: un hombre atormentado. Y no entendía por qué.

–Daniela me preguntó por tus padres –dijo sabiendo que tenía que contarle lo que había sucedido aquella tarde.

Luca se puso tenso y se llevó la copa a los labios.

–¿Por qué hizo eso?

–Porque estaba intentando pillarme. Creo que sospecha algo.

–¿Daniela? –Luca sacudió la cabeza–. Apenas la conozco. Hacía más de un año que no la veía. Lleva casi seis meses casada con James Garrison.

–Bueno, creo que no te ha olvidado. Me preguntó si conocía ya a tus padres y le dije que todavía no. Entonces me informó de que eras huérfano. Siento mucho tu pérdida.

La expresión de Luca no reflejaba nada. Tenía la mirada vacía.

–Fue hace mucho tiempo.

–Sí, pero es algo muy fuerte –ella lo sabía bien–. Y ahora Daniela sabe que yo no lo sabía.

Luca apretó los labios y dejó el vaso vacío sobre la encimera del minibar.

–No hay nada que podamos hacer ahora al respecto.

–De acuerdo –Hannah no sabía cómo lidiar con él cuando estaba de aquel humor. Su habitual energía se había transformado en incomodidad, en una rabia patente–. Solo pensé que debías saberlo.

–Muy bien. Ahora ya lo sé.

Hannah no contestó. Estaba dolida. Si Luca seguía de aquel humor, la noche iba a ser interminable.

–Iré a cambiarme –dijo con tono seco mientras recogía la ropa. Ella sí se iba a cambiar en el baño.

Luca se quedó mirando la puerta cerrada del baño y maldijo entre dientes. La tarde con Tyson había sido insoportable, la furia que llevaba tanto tiempo sintiendo había estado a punto de salir a la superficie. Mantener una actitud profesional le había costado un mundo; lo único que deseaba era agarrar a Tyson de las solapas y arrancarle esa maldita sonrisa de la cara a golpes.

No esperaba estar tan furioso. Creía que había aprendido a controlar sus emociones, y saber que no era así solo exacerbaba su ira. Pero no tendría que haberlo pagado con Hannah.

En cuanto a las sospechas de Daniela... Luca se pasó

una mano por el pelo y volvió a maldecir. Si aquel falso compromiso salía a la luz, la humillación sería devastadora. No quería ni pensarlo.

Luca torció el gesto mientras consideraba sus opciones. Si Daniela o alguien sospechaba algo, entonces Hannah y él tendrían que ser doblemente convincentes. Se acercó al armario y sacó el esmoquin.

Se estaba enderezando la pajarita cuando Hannah salió del baño. Tenía la barbilla alta y los ojos velados. Luca bajó la vista a su vestido y se le secó la garganta. Era el que se había puesto en la boutique, azul hielo con un gran escote levemente cubierto por una capa de tela transparente. Se había recogido el pelo en un elegante moño que dejaba al descubierto la delicada curva de su cuello.

–Estoy bien, ¿no? –preguntó Hannah nerviosa. Le temblaba un poco la voz.

–Sí... –gruñó él.

Hannah se tiró de la tela con gesto avergonzado.

–Es que me estás mirando muy raro.

–Porque... –Luca se aclaró la garganta–. Estás preciosa, Hannah.

Ella se sonrojó y se dio la vuelta para ponerse los pendientes. Estaba claro que no se sentía cómoda con aquel vestido tan sexy.

–Hannah –Luca cruzó la habitación para ponerle una mano en el hombro. Tenía la piel fría y suave bajo su palma–. Siento haber estado de tan mal humor. No es justo para ti. Este fin de semana en general no es justo para ti.

Hannah inclinó la cabeza y un mechón de suave cabello castaño le rozó la mejilla. Luca sintió el deseo de colocárselo detrás de la oreja, de deslizarle los dedos por la piel. Entonces ella se mordió el labio inferior y Luca estuvo a punto de gemir. La atracción que sentía por su secretaria era abrumadora y un inconveniente, pero en aquel momento no podía pensar en las consecuencias, en el peligro. Solo quería tocarla.

Y eso hizo.

Estiró un dedo y le acarició la mejilla. Tenía la piel tan suave como había imaginado, sedosa y fresca. Hannah se estremeció bajo su contacto, todo su cuerpo tembló en respuesta, y eso hizo que Luca la deseara todavía más.

–Hannah... –murmuró, aunque no sabía siquiera qué iba a decir.

Ella no le dejó terminar. Dio un paso atrás y estuvo a punto de tropezarse con el vestido.

–Se... se está haciendo tarde –balbuceó–. Deberíamos irnos.

Y Luca se dijo que lo que sentía era alivio y no una tremenda desilusión por haberse librado por los pelos.

Capítulo 8

HANNAH le dio un sorbo al espumoso cóctel que Andrew Tyson había insistido que probara. Se sentía más confusa que nunca y, lo que era peor, más atraída que nunca hacia Luca Moretti. Verlo vestido de esmoquin era suficiente para que le diera vueltas la cabeza y se le secara la boca. La camisa blanca enfatizaba su piel bronceada y la chaqueta del esmoquin se le ajustaba a la perfección a los anchos hombros y las estrechas caderas. Resultaba magnífico, y a su lado James Garrison parecía un debilucho lánguido y Simon Tucker un corpulento Santa Claus. El único que se le acercaba en altura y porte era Andrew Tyson.

Luca se había pasado la primera parte de la velada a su lado, mostrándose encantador con todo el mundo, trabajándose a la concurrencia. Cuando Tyson entró en el opulento comedor, Luca le pasó a Hannah el brazo por la cintura y la pegó literalmente a su cuerpo. Podía sentir el calor de su muslo a través de la fina tela del vestido, y todo su interior se puso tenso víctima de un exquisito deseo.

Nunca antes había respondido de un modo tan físico y abrumador a ningún hombre. Aunque tampoco tenía demasiada experiencia, reconoció. Ben, el padre de Jamie, había sido su único amante, y aunque le gustaba estar con él, nunca había sentido aquel deseo físico tan desesperado.

Y lo más emocionante era que sabía que ella también tenía algún efecto sobre Luca. Aquella mañana le había dicho que se sentía atraído por ella. Así que la pregunta era: ¿se atrevería a hacer algo al respecto? No estaba buscando una relación, no se arriesgaría a que Jamie y ella sufrieran. Sabía lo que pasaba cuando querías a las personas. Te arriesgabas a perderlas. Y ella había perdido demasiadas veces como para volver a intentarlo.

—¿Hannah? –le espetó Luca. Y ella se dio cuenta de que no tenía ni idea de qué habían estado diciendo durante los últimos minutos.

—Lo siento –murmuró con una sonrisa conciliadora–. Me temo que estaba a miles de kilómetros de aquí.

—Sin duda planeando la boda –bromeó Simon.

—Enamorarte de tu secretaria no es típico de ti, Luca –dijo James con malicia–. Creí que tu lema era no mezclar los negocios con el placer.

—Como dije anoche, esta vez me resultó imposible resistirme –miró a Hannah, que había levantado la cabeza para mirarle, de modo que sus bocas estaban solo a unos centímetros.

Ella se estremeció aunque sabía que Luca estaba actuando. Tal vez el ardor de sus ojos no fuera real, pero la respuesta del cuerpo de Hannah desde luego lo era. Abrió los labios sin poder evitarlo.

—Irresistible –murmuró él. Y entonces salvó los escasos centímetros que los separaban.

Sentir su boca en la suya fue una completa sorpresa y también un gran alivio. Por fin. Hannah abrió la boca debajo de la suya y se le agarró a las solapas sin tener muy claro lo que estaba haciendo. La lengua de Luca se deslizó en su boca con gesto posesivo y ella se derritió por dentro.

—Está claro que vosotros dos vais directos al altar –bromeó Simon.

Luca dejó de besarla. Hannah se apretó contra él con el corazón latiéndole a toda prisa. La cabeza le daba vueltas y sentía como si le hubieran encendido un fuego dentro del cuerpo.

—Como he dicho —murmuró él con una sonrisa—, es irresistible. No pude evitarlo.

Y ella tampoco.

Todavía le ardían los labios por el beso cuando se dirigieron a la terraza en la que se habían colocado las mesas para la cena. La cristalería y los cubiertos de plata brillaban bajo la luz de la luna. Las antorchas creaban unas cálidas sombras por la terraza, y el mar era como un brillo de oscuridad en la distancia. Las olas creaban un sonido tranquilizador al romper contra la orilla.

Estaban a punto de sentarse cuando Andrew Tyson se giró expectante hacia las puertas de la terraza, que estaban abiertas.

—Ah —dijo con inmenso placer—, por fin ha llegado mi familia de Nueva York. Por favor, permitid que os presente a mi mujer y a mis hijos.

Luca se quedó paralizado antes de girarse lentamente hacia las puertas del balcón, donde estaban Mirabelle, la mujer de Tyson, y sus dos hijos.

Había estado esperando aquel momento, expectante y al mismo tiempo temeroso, y ahora que por fin había llegado se dio cuenta de que la cabeza se le había vaciado de pensamientos y se le había borrado la sonrisa. Incluso olvidó el embriagador beso de Hannah en aquel momento interminable y horrendo.

Escuchó a lo lejos a la gente intercambiando frases amables. Oía las palabras, pero le parecía que estaban hablando en otro idioma. Los dos hijos de Tyson, Stephen y Laura, se acercaron sonriendo a estrechar la mano de la gente. Stephen tenía el pelo oscuro de su madre y los ojos marrones de Tyson, y Laura al contrario, con el pelo rubio de su padre y los ojos azules de su madre. Los dos estaban relajados, completamente en su ambiente, y en unos segundos Luca iba a estrecharles la mano. A saludarles. A actuar con normalidad.

Entonces sintió una mano suave y delicada deslizándose en la suya, apretándole los dedos e imbuyéndole calor y fuerza. Miró la cara de Hannah, la preocupación de su mirada, la compasión de su sonrisa, y sintió como si hubiera caído de golpe de nuevo en la realidad. Y era lo bastante fuerte para lidiar con ella... gracias a la mujer que tenía al lado.

–Stephen, Laura –extendió la mano para estrechar las suyas–. Soy Luca Moretti, y ella es mi prometida, Hannah Stewart.

Hannah dio un paso adelante y saludó a ambos, y Luca hizo un esfuerzo por respirar con normalidad, pero le temblaban las rodillas. Tenía que salir de allí.

–Disculpadme un momento –murmuró dirigiéndose al baño.

Una vez dentro, a salvo de miradas curiosas, se echó agua en la cara y se quedó mirando al espejo. Había salido de la pobreza, había cerrado tratos de miles de millones de dólares, era un hombre poderoso. Había conquistado todos sus miedos y sus inseguridades. No debería sentirse así.

Pero así se sentía.

Dejó escapar un suspiro y se frotó la cara. Tenía que volver a la cena. Se atusó el esmoquin y abrió la puerta del baño, deteniéndose en seco cuando vio a Hannah esperándole.

–¿Pero qué...?

—Estaba preocupada por ti —dijo ella poniéndole la mano en la manga—. Luca, ¿qué está pasando?

—No pasa nada.

—Eso no es cierto —afirmó Hannah con tono preocupado—. Por favor, Luca, ¿sabes lo difícil que es interpretar mi papel cuando no tengo ni idea de qué te pasa por la cabeza?

—Lo estás haciendo muy bien —Luca se zafó de su mano—. Interpretaste muy bien tu papel cuando te besé.

Ella se sonrojó pero mantuvo la mirada y dijo con voz pausada:

—No pagues tus frustraciones conmigo, Luca. Lo único que te pido es que me cuentes la verdad.

Luca se pasó la mano por el pelo, consciente de que ella tenía derecho a entender al menos algo de lo que estaba pasando.

—Tyson y yo tenemos un pasado —dijo en voz baja—. Un pasado desagradable. Y no esperaba que me pasara, pero volver a verle ha hecho que recuerde todo.

—¿Y su familia? —preguntó Hannah—. Está claro que no te ha gustado verles llegar. Te has quedado blanco...

—Tenemos que volver —la interrumpió él tomándole la mano.

Aquella noche le mostraría a Tyson y a su maldita familia todo lo que tenía, lo feliz que era.

Cuando llegaron a la terraza todo el mundo estaba ya sentado y habían servido el primer plato. Luca y Hannah ocuparon su lugar y se disculparon. A Luca le había tocado al lado de Stephen Tyson, y se preparó para hablar con él.

Sabía que Stephen había decidido no ocuparse de los negocios de la familia porque ejercía de médico en Nueva York.

—Lo siento, pero ¿no nos conocíamos de antes? —le

preguntó ahora a Luca con una sonrisa–. Me resultas familiar.

–Tal vez hayas visto su foto en alguna revista –sugirió Hannah.

–Claro –dijo entonces el otro hombre–. Fuiste tú quien construyó el centro oncológico de Ohio. Es una obra de arte de diseño y funcionalidad.

–Gracias –gruñó Luca. No esperaba que Stephen Tyson fuera a ser tan simpático y sincero. Así le resultaba más difícil odiarle.

Consiguió sin saber cómo sobrevivir a los tres platos de la cena, charlando y sonriendo cuando era necesario. Cuando sirvieron el café y los postres, Andrew Tyson se levantó para hacer un brindis.

–Es un placer tener a tres hombres de familia aquí –comenzó a decir con una sonrisa–. Para mí la familia es lo primero, y por supuesto es importante para mí que el hombre que vaya a hacerse cargo de los resorts Tyson comparta mis valores.

Hizo una pausa y miró a su mujer y a sus hijos.

–Aunque me entristece que mis hijos no hayan seguido mis pasos, entiendo perfectamente que hayan optado por vivir sus propios sueños. Mis hijos son mi orgullo y mi alegría, el pilar de mi vida junto con mi mujer. La felicidad que yo he vivido con mi familia es lo que espero para cada uno de vosotros, para cada familia que visita un resort Tyson.

Luca no podía seguir soportándolo. Se revolvió en el asiento y Hannah le puso la mano en la suya como señal de advertencia.

Tyson levantó finalmente su copa y todo el mundo hizo lo mismo. Luca apuró su copa de vino y luego apartó la mano de Hannah.

–Luca... –murmuró ella. Pero él sacudió la cabeza.

–Luego –dijo. Y entonces se dirigió hacia los escalones de la terraza y desapareció en la oscuridad.

Hannah se secó la boca con la servilleta y trató de ocultar la preocupación que sin duda se le reflejaba en la cara. ¿Qué historia tan terrible podría tener Luca con Andrew Tyson? Miró al hombre que ahora charlaba con Simon y Rose Tucker y decidió que ella también se excusaría. Si Luca se marchaba sin ella parecería que habían tenido una pelea de amantes.

Se despidió de los Tyson diciéndoles que Luca quería ir a dar un paseo por la playa con ella a la luz de la luna.

Capítulo 9

HANNAH encontró a Luca a unos quinientos metros de la villa. Estaba sentado al lado de unas palmeras con los codos apoyados en las rodillas y la cabeza entre las manos. Todo su cuerpo parecía irradiar desesperación.

Hannah vaciló, no quería interrumpir aquel momento de soledad, pero tampoco quería dejarle allí. Parecía demasiado agobiado. Así que se acercó despacio con los tacones en la mano y arrastrando la seda del vestido por la arena. Luego se sentó a su lado y subió también las rodillas. Luca no levantó la cabeza.

–Yo sé lo que es llorar por alguien –murmuró ella en voz baja–. No sé si estás así por alguien porque no quieres contármelo, pero... yo sé lo que es sentirse engañado y desesperado.

–¿Sí? –Luca alzó la cabeza y la miró con curiosidad–. ¿Y por quién lloras tú, Hannah?

Era una pregunta muy personal, pero era ella la que había empezado la conversación.

–Por mi padre, para empezar –respondió–. Murió cuando yo tenía quince años de un repentino ataque al corazón. Mi madre no estaba preparada emocionalmente, ni tampoco económicamente. Así que se buscó un trabajo, vendimos la casa y alquilamos un apartamento pequeño. Yo trabajaba también al salir del colegio.

–Lo siento –murmuró Luca–. No lo sabía.

–Nunca te lo había contado –Hannah hizo una pausa esperando que él contara algo de su propia situación, pero no lo hizo–. ¿Y a tus padres qué les pasó?

Luca guardó silencio durante un largo instante.

–Mi madre murió cuando yo tenía catorce años.

–Lo siento. ¿Y qué pasó entonces? ¿Vivías con tu padre?

–No, él no estaba –Luca dejó escapar el aire–. Fui al sistema de acogida y conseguí una beca en un internado de Roma. Eso me salvó, me sacó de la alcantarilla. Pero no todo el mundo se alegraba. Así que permanecí solo.

Parecía una infancia terrible y solitaria.

–¿Cómo murió tu madre? –le preguntó.

Luca dejó escapar un largo suspiro antes de levantar la cabeza hacia el cielo.

–Se suicidó.

Hannah le miró horrorizada.

–Oh, eso es terrible...

–Sí, pero entiendo que lo hiciera. La vida se había vuelto insoportable.

–Pero tú solo tenías catorce años...

–Creo que cuando te sientes tan atrapado, desesperado y triste, dejas de pensar en nada más –reflexionó él mirando todavía al cielo estrellado–. No eres capaz de razonar para salir de ahí. Solo puedes intentar poner fin a la tristeza.

A Hannah se le llenaron los ojos de lágrimas al pensar en ello.

–Tienes una gran capacidad de compasión si eres capaz de pensar así.

–Nunca he estado enfadado con ella –afirmó Luca. Bajó la cabeza para mirar hacia el mar, bañado en la oscuridad–. Era una víctima.

–¿Y tú? –preguntó Hannah.

–No, yo nunca he querido verme como una víctima. Eso termina siempre en fracaso.

–Supongo que yo sentí lo mismo –reconoció ella–. La muerte de mi padre dejó a mi madre en una situación difícil y yo quise asegurarme de que nunca terminaría así cuando fuera adulta.

Luca la miró de reojo.

–Por eso estuviste de acuerdo conmigo en que las relaciones no valen la pena, ¿verdad?

–Dije que tal vez –le recordó Hannah–. Pero sí, tiene algo que ver con esto.

Pensó en el padre de Jamie y se le formó un nudo en la garganta. Había superado el duelo años atrás, pero todavía le dolía reabrir viejas heridas. Si hubiera hecho algo diferente... si hubiera manejado mejor su última discusión...

–Cuando pierdes a alguien –continuó–, no quieres volver a arriesgarte.

–Pero era tu padre, no tu marido ni tu novio.

–También perdí a uno de esos –reconoció ella–. Un novio, no un marido –no habían llegado tan lejos, no tuvieron tiempo–. Fue hace casi seis años.

Luca se giró hacia ella. La luz de la luna bañaba su rostro en plata.

–Llevas muy bien tus penas. No pareces una persona atormentada.

–No lo soy –respondió Hannah–. Decidí no serlo, aunque no siempre me ha resultado fácil. Pero prefiero no regodearme en el dolor.

–¿Es eso lo que crees que yo hago? ¿Regodearme? –Luca apretó los labios.

–No, yo...

–No, tienes razón –la atajó él–. Y me desprecio a mí mismo por ello. Pensé que podría venir aquí y mirar a Andrew Tyson a la cara. Pensé que podría sonreír, estrecharle la mano y no sentir nada porque me he entrenado para ello durante mucho tiempo. Pero no puedo. No puedo –se le quebró la voz y dejó caer la cabeza entre las manos–. No quiero sentir esto. No quiero ser esclavo de algo que sucedió hace mucho tiempo. Quiero empezar de cero.

Hannah hizo lo único que se le ocurrió en aquel momento. Lo abrazó y apretó la mejilla contra su espalda para tratar de imbuirle calor.

–Oh, Luca... –susurró.

Él se quedó rígido bajo su contacto, pero Hannah siguió abrazándole. Podía ser todo lo fuerte que quisiera, pero seguía necesitando consuelo, y en aquel momento estaba decidida a dárselo.

–¿Por qué eres tan amable? –le preguntó con un gruñido.

–¿Y tú por qué tienes tanto miedo de la amabilidad? –quiso saber ella a su vez.

Luca se dio la vuelta, maldijo entre dientes y se acercó. Sus bocas se encontraron, y el fuerte deseo de consolarle se convirtió en algo más primitivo y urgente. Las manos de Luca estaban por todas partes, agarrándosele al pelo, acariciándole la espalda, cubriéndole los senos, y sin apartar la boca de la suya en ningún momento.

Cayeron sobre la arena en un amasijo de piernas y brazos, y cuando el pulgar de Luca le acarició la tirante punta del pezón, Hannah arqueó la espalda contra su mano para que la acariciara con más profundidad.

Le abrió la camisa, desesperada por sentir su piel desnuda. Dejó escapar un gemido de placer y de satisfacción cuando finalmente puedo deslizar las palmas por su peso cubierto de fino vello.

Luca contuvo el aliento y luego le tiró del vestido con urgencia.

–Luca –jadeó. Era una súplica y una exigencia al mismo tiempo. Necesitaba sentir sus manos en su cuerpo. Le parecía que si no iba a estallar. Se bajó el ahora arrugado vestido hasta la cintura, quedándose desnuda de cintura para arriba porque no llevaba sujetador.

Entonces Luca hundió la cabeza entre sus senos y tocó ahora con la lengua lo que antes había tocado con las manos. Hannah le acercó la cabeza hacia ella, casi sollozando de placer al sentir cómo la saboreaba. Pero aquello tampoco era bastante. Necesitaba más de él, y cuando Luca le deslizó la mano bajo el vestido y sus dedos encontraron y acariciaron el centro de su cuerpo, Hannah estuvo a punto de llegar. El placer era tan intenso que parecía dolor. Le acarició la erección y contuvo el aliento al ver cómo su cuerpo temblaba en respuesta a su contacto. Le tiró de los pantalones y trató de desatarle la faja del esmoquin. Luca la ayudó y la tiró a la arena. Ella se rio y él le cortó la risa besándola otra vez. Hannah se entregó a él ofreciéndole todo mientras se le agarraba a los hombros y apretaba las caderas contra las suyas.

–Hannah... –le murmuró él en la boca–. Hannah, necesito...

–Sí –respondió ella con frenesí–. Sí, por favor, Luca. Ahora.

Abrió las piernas mientras él se bajaba la cremallera de los pantalones. No se paró un segundo a considerar si se trataba de una buena idea, si lo lamentaría después. No podía pensar más allá de la nube de deseo que la consumía.

Entonces Luca entró en ella, fue una invasión tan repentina, tan dulce, tan inmensa que Hannah sintió que se le llenaban los ojos de lágrimas. Hacía mucho tiempo que no le entregaba su cuerpo a un hombre.

Hacía mucho tiempo que no se sentía completa, conquistada. Le rodeó con las piernas mientras le aceptaba dentro de su cuerpo.

Luca se quedó quieto en su interior mientras ambos se ajustaban a la intensidad de la sensación. Luca tenía los ojos cerrados. Entonces ella se flexionó y empezó a moverse con un gruñido de rendición.

Había pasado bastante tiempo, y necesitó unos cuantos embates exquisitos antes de encontrar por fin el ritmo y seguirlo, y con cada embestida sentía que su cuerpo respondía abriéndose como una flor. Todo su ser crecía en espiral estirándose hacia la brillante cima que tenía justo al alcance de la mano...

Y cuando llegó, todo su cuerpo se convulsionó alrededor del de Luca y ella gritó su nombre. El clímax se apoderó de ambos, sus cuerpos se estremecieron al unísono, las lágrimas cayeron por las mejillas de Hannah y se dejó llevar por la marejada de placer.

Tras el éxtasis, se quedó allí tumbada con el cuerpo de Luca encima del suyo y el acelerado latido de su corazón latiendo al mismo ritmo que el suyo. Se sentía mareada y al mismo tiempo saciada. No podía lamentar lo sucedido. Ni por un segundo.

Entonces Luca se apartó de ella con una palabrota y se quedó tumbado de espaldas sobre la arena cubriéndose los ojos con un brazo.

Hannah sintió muchas cosas a la vez: la fría arena bajo su cuerpo, las piernas adormiladas, el vestido arrugado a la altura de la cintura. El placer que se había apoderado de ella unos instantes atrás parecía ahora un recuerdo lejano.

Se cubrió con la seda del vestido. Luca levantó el brazo de la cara y giró la cabeza para mirarla. A pesar de la oscuridad, Hannah se fijó en su expresión de indiferencia y se estremeció por dentro.

Aquello había sido un error. Un error terrible y maravilloso, y sin duda se arrepentiría de ello a pesar del inmenso placer que había experimentado. ¿Cómo iba a trabajar con Luca a partir de ahora? ¿Y si la despedía? Pero le resultaba todavía peor la idea de que la echara de su vida.

Aspiró con fuerza el aire para tratar de calmarse y no precipitarse en sus conclusiones.

–El vestido –le dijo con impaciencia–. Colócatelo como puedas para que podamos volver a la habitación.

Hannah se mordió el labio y trató de no sentirse herida. Habían vivido unos instantes de pasión frenética y Luca sin duda se arrepentía, igual que le estaba empezando a pasar a ella.

Él se sentó, se recolocó los pantalones y se abrochó la camisa como pudo. Se guardó la faja en el bolsillo y después se echó la chaqueta del esmoquin por los hombros.

–Ya está. Con un poco de suerte podremos colarnos en la habitación sin que nadie nos vea.

–¿Y si nos ven qué? –preguntó Hannah. Por suerte no le tembló la voz–. Pensarán que hemos hecho exactamente lo que esperaban, que hiciéramos el amor bajo las estrellas.

Luca apretó los labios y se puso de pie, apartándose la arena de las piernas antes de tenderle la mano. Ella la aceptó solo porque sabía que le iba a costar trabajo ponerse de pie sola. Se debatía entre una rabia irracional y un profundo dolor. No debería importarle tanto. En realidad no sentía nada por Luca. Él le soltó la mano en cuanto se incorporó y empezó a caminar hacia la villa, cuyas luces brillaban a lo lejos. Hannah le siguió. Rodearon la terraza, que ahora estaba vacía y se dirigieron al otro lado de la casa, en el que los balcones de las habitaciones daban a la playa.

–Más te vale escoger la habitación correcta –murmuró Hannah de mal humor.

El dolor y la rabia estaban dando paso a una agotada resignación mientras intentaba encontrar el modo de sortear aquella horrible situación.

Luca ni siquiera contestó, siguió avanzando, abrió unas ventanas y la urgió a entrar en el dormitorio.

–¿Por qué no te quitas la arena y te cambias? –dijo él señalando hacia el baño con la cabeza sin mirarla–. Y luego hablaremos.

Capítulo 10

LUCA se quitó la camisa mientras Hannah desaparecía en el baño. ¿En qué estaba pensando para dar rienda suelta a su lujuria con su secretaria? El problema era que no había pensado. Estaba demasiado metido en sus emociones, y el consuelo de Hannah fue como un bálsamo para él. Fue después, tras el encuentro sexual más explosivo que había tenido nunca, cuando llegaron los remordimientos. Por haberse acostado con su secretaria, y sobre todo por haber permitido que lo viera en un estado tan vulnerable. ¿Qué debía pensar Hannah de él?

Todo había sido un lamentable error, y para colmo no habían usado ningún tipo de protección.

Hannah salió del baño con el mismo pijama horrible que se había puesto la noche anterior, pero Luca agradeció el modo en que le ocultaba el cuerpo. Lo último que necesitaba era volver a sentirse tentado por ella.

Hannah no le miró cuando entró en el dormitorio, se dirigió directamente a la cama. Tenía el cuerpo tenso y Luca observó asombrado cómo agarraba el libro que tenía en la mesilla y hundía la nariz en él.

Aspiró con fuerza el aire.

—Hannah, tenemos que hablar.

—Ah, ¿ahora tenemos que hablar? —ella levantó por fin la vista y Luca vio que le salían chispas por los ojos. Tenía el pelo alborotado alrededor de los hombros y el rostro sonrojado. Pijama aparte, estaba preciosa.

Pero tenía que dejar de pensar así.

–Sí, ahora tenemos que hablar.

–¿Y no justo después de lo ocurrido? –insistió ella–. No, ahí no te molestaste ni en mirarme a la cara.

Luca sintió una punzada de remordimiento y de irritación. No la había tratado muy bien en la playa, pero es que ella le había pillado por sorpresa en muchos sentidos.

–Está claro que lo sucedido nos ha pillado a ambos por sorpresa. Tanto es así que ni siquiera hemos usado protección.

Hannah abrió los ojos de par en par al caer en la cuenta.

–Ni siquiera pensé en ello –se mordió el labio–. Pero no... quiero decir, teniendo en cuenta el momento del mes, no creo que sea un riesgo.

–En caso de... ¿me lo dirás?

Ella le miró a los ojos y Luca sintió entonces el peso del momento, el enorme impacto de lo que habían compartido. Más de lo que había compartido nunca con ninguna otra mujer,

–Sí, por supuesto –respondió Hannah–. Pero no creo que vaya a pasar nada. Una cosa menos de la que preocuparse –trató de sonreír, pero no pudo.

–Hannah... –Luca dejó escapar un suspiro. Aquello le estaba costando más de lo que esperaba. No le gustaba darse cuenta de que le había hecho daño.

Ella entrelazó los dedos en el regazo y se los miró.

–No tienes que preocuparte por mí, Luca –dijo en voz baja–. No estaba buscando un cuento de hadas, y desde luego no tengo ninguna expectativa.

Y aquella proclamación, que tendría que haberle causado alivio, le provocó una absurda punzada de desilusión.

–Bien –dijo Luca con sequedad–. Podemos olvidar que esto ha pasado y seguir adelante.

Hannah hizo un esfuerzo por mantener la expresión

neutra. Olvidar que aquello había pasado. Como si le fuera a ser posible hacerlo. Los momentos de pasión que había compartido con Luca estaban grabados a fuego en su cerebro. Tragó saliva y asintió.

—Sí –¿qué otra cosa podía decir? Luca no buscaba una relación, y ella tampoco. Y menos con un hombre como él. Si alguna vez se atrevía a poner en riesgo su corazón y el de su hijo sería con alguien que valorara a la familia, que quisiera un hijo. A su hijo.

Luca también asintió. Parecía satisfecho con el acuerdo.

—Si estás embarazada, ¿me lo dirás?

—Claro –afirmó ella con sequedad–. No es algo que vaya a poder ocultar si trabajo para ti.

—Pero ¿no intentarás ocultarlo?

—Por supuesto que no –Hannah frunció el ceño–. Pero ya cruzaremos ese puente si es que toca hacerlo, ¿de acuerdo?

Luca se limitó a asentir y desapareció en el baño mientras ella dejaba el libro otra vez en la mesilla. Estaba demasiado inquieta para leer. Cuando él volvió a salir se metió en la cama con movimientos bruscos, y Hannah trató de no pensar en nada para conseguir conciliar el sueño.

Cuando se despertó a la mañana siguiente la cama estaba vacía. Se sentía agotada por todo lo que había pasado y se había quedado dormida enseguida.

Ahora, a la luz del día, los eventos del día anterior adquirieron una sombra sórdida y reprobable. Lo que en la oscuridad le pareció irresistible y emocionante le resultaba ahora vergonzoso. Se alegró de que Luca no estuviera en la habitación, porque no se veía capaz de mirarle a los ojos. El recuerdo de cómo le había suplicado que la tocara hizo que le ardiera la cara.

Media hora más tarde, tras haber desayunado lo que le trajo el servicio, se puso otro de los conjuntos que habían comprado, se maquilló y se peinó. Entonces sintió que controlaba mejor la situación.

Luca no había vuelto a la habitación, así que decidió ir en su busca. Vio varias maletas en el vestíbulo y se dio cuenta de que los invitados de Andrew Tyson estaban empezando a marcharse. Sabía que Luca y ella se marcharían en algún momento aquel día, y la idea de volver a casa con Jamie y con su madre le provocó una oleada de alivio.

Recorrió algunas habitaciones más antes de encontrar a algunos invitados de Tyson junto a su familia tomando café y pastas en la sala del desayuno. Laura Tyson le dirigió una sonrisa amistosa al verla entrar.

—Tú eres la prometida de Luca Moretti, ¿verdad?

—Sí...

—Vi cómo os escapabais ayer al final de la cena —le dijo Laura con tono confidencial—. No te culpo. Luca es un hombre muy guapo, y está claro que te adora.

Aquella afirmación tan sincera estuvo a punto de lograr que Hannah se atragantara.

—Gracias —murmuró. No fue capaz de decir nada más. Le resultaba imposible seguir con la mentira.

Laura se inclinó hacia ella y bajó la voz.

—Para serte sincera, creo que mi padre quiere que sea tu prometido quien se quede con los resorts. Mencionó lo impresionado que estaba con sus planes.

—Oh... bueno, es muy alentador escuchar eso —Hannah sonrió, se alegraba de corazón por Luca.

—Estoy segura de que lo anunciará muy pronto, dentro de una semana o dos —se le heló un poco la sonrisa—. Creo que todavía confía en que alguno de nosotros muestre algún interés, pero Stephen y yo tenemos otros sueños. Él es médico y yo trabajo en investigación far-

macéutica. Nuestra hermana pequeña murió de leucemia cuando solo tenía cuatro años –explicó Laura con
tono pausado–. Eso tuvo un gran impacto en nosotros.
Y creo que decidimos honrar su memoria.

–Lamento vuestra pérdida –dijo Hannah. Ella sabía
lo que era perder a alguien siendo tan joven.

–Me alegro de que alguien esté interesado en quedarse con los resorts –dijo Laura–. Sé que están un
poco destartalados. Papá no tiene la misma energía de
antes, y nunca se le ha dado bien delegar. Pero espero
que con Luca al mando las cosas mejoren.

–Eso espero –dijo Hannah.

Laura le dedicó otra sonrisa antes de darse la vuelta.

Luca entró en la habitación poco tiempo después,
tenía la expresión y el cuerpo tensos. Pero seguía es-
tando extraordinariamente atractivo con aquel traje gris,
camisa blanca y corbata azul oscuro. El elegante corte
del traje mostraba la perfección de su cuerpo muscu-
loso, y entró en la habitación como si fuera el dueño.

–Hannah –dijo señalando la puerta con la cabeza–.
¿Estás lista para irnos?

Nada de actuación de enamorado aquella mañana.
Debía saber ya que el acuerdo estaba sellado.

–No sabía que nos fuéramos a marchar tan pronto
–contestó ella–. Enseguida hago la maleta.

Luca la siguió por el pasillo hacia el dormitorio. A
Hannah le temblaban las manos mientras guardaba la
ropa.

–Acabo de hablar con Laura –le dijo con voz un
poco más aguda de lo normal. Se aclaró la garganta y
volvió a intentarlo–. Parece bastante convencida de que
te lo van a dar a ti.

–Tyson nos tiene a todos pendientes de un hilo –dijo
Luca–. Creo que le gusta jugar con nosotros. Es ese
tipo de hombre.

—Si hay mala sangre entre vosotros —reflexionó ella—, ¿por qué querría venderte los resorts a ti?

Luca le dio la espalda y miró hacia el mar.

—Porque él no lo sabe. Es complicado, pero baste decir que Tyson no sabe que hay una historia entre nosotros. Solo lo sé yo.

Hannah frunció el ceño. No entendía nada, pero estaba claro que Luca no le iba a decir nada más y ella no quería preguntarle.

—Solo tengo que sacar el neceser del baño y estoy lista —dijo.

Quince minutos más tarde se despidieron de todo el mundo y enfilaron por la carretera en el mismo Jeep en el que habían llegado cuarenta y ocho horas antes. A Hannah le parecía que había vivido una vida entera en el espacio de aquellos días. Una vida que ya había terminado, se recordó.

Una hora más tarde estaban sentados en la primera clase del avión rumbo a Londres. Luca rechazó el champán que les ofrecieron y Hannah iba mirando por la ventanilla, sintiéndose estúpidamente dolida.

En cuanto despegaron, Luca sacó unos papeles del maletín y se pasó todo el vuelo inmerso en el trabajo. Hannah se dijo que estaba agradecida por no tener que hablar de tonterías, pero el silencio le dio el espacio necesario para acordarse de cada segundo del encuentro de la noche anterior.

Pensar en el modo en que Luca la había besado, con tan abrumadora intensidad, pasión y desesperación, hacía que se le agarrotaran los músculos internos y se revolvió incómoda en su sitio. Tenía que superar aquello. Su trabajo y su cordura estaban en juego. No podía trabajar con Luca todos los días y recordar su sabor y su olor.

Y con el tiempo olvidaría, se dijo. Por supuesto,

ahora todavía pensaba en sus besos. No habían pasado ni veinticuatro horas. Pero el recuerdo se borraría con el tiempo, y tal vez dentro de una semana, un mes o diez años, Luca y ella se reirían de aquel encuentro tan extraño que habían tenido en una isla del Mediterráneo.

Capítulo 11

A LA MAÑANA siguiente, Hannah se vistió para ir al trabajo con su falda de tubo más bonita, blusa de seda y los zapatos con más tacón. Necesitaba ponerse una armadura.

En el metro, camino a la oficina, se preguntó si no se habría esforzado demasiado. Tal vez Luca pensara que estaba intentando impresionarle. Pero enseguida desechó aquel pensamiento. Le había dejado muy claro a Luca que estaba tan interesada como él en que su relación volviera al terreno estrictamente profesional.

Necesitaba volver a la normalidad, tanto por el bien de Jamie como por el suyo propio. La noche anterior tuvo un reencuentro feliz con su hijo, le leyó cuentos y le estuvo acunando antes de irse a la cama.

Cuando Jamie se acostó, Diane le contó lo que habían hecho el fin de semana juntos: fueron al zoo y cocinaron una tarta durante una tarde de lluvia. Luego su madre quiso saber cómo le había ido a ella.

–No sabía que Luca Moretti fuera tan guapo –dijo recostándose en el sofá con los brazos cruzados–. Pero ir de viaje de negocios con él es una novedad, ¿no? ¿Crees que lo harás más veces?

–No –afirmó Hannah con rotundidad. Y afortunadamente, su madre no hizo más preguntas.

Luca no había llegado todavía cuando ella entró en la oficina. Suspiró aliviada al ver que tenía unos momentos para recomponerse y empezar a trabajar sin tener que preocuparse por su jefe.

Estaba en ello cuando Luca cruzó por la puerta. Tenía un aspecto arrolladoramente sexy con el traje azul marino y el pelo húmedo por la lluvia. Hannah alzó la vista cuando le vio entrar y sintió cómo le faltaba el aire en los pulmones. Hizo un esfuerzo por apartar la vista y volvió a centrarse en la hoja de cálculo en la que estaba trabajando. Los números se le borraban.

–Buenos días –la saludó Luca con tono profesional–. Estaré en mi despacho si necesitas algo –pasó por delante de ella y cerró la puerta con decisión.

Hannah ignoró el dolor y la desilusión que sintió ante su obvio desdén y volvió a centrarse en el trabajo.

Luca no salió de su despacho en toda la mañana y ella se las arregló para sumergirse en el papeleo justo hasta antes de comer, cuando necesitó que Luca le firmara unas cartas.

Se acercó a su puerta con cierta angustia, preparada para la hostilidad.

–Adelante –ladró Luca cuando ella llamó a la puerta.

Hannah abrió, llevaba las cartas en la mano.

–Necesito que firmes esto –murmuró.

Luca le hizo una seña para que se acercara. Ella dejó las cartas encima del escritorio y dio un paso atrás mientras las firmaba para no tener que aspirar su aroma a madera de cedro ni sentir el calor que emanaba su poderoso cuerpo.

–Toma –Luca le devolvió las cartas y sus manos se rozaron.

Un escalofrío se apoderó de ella, seguido de una oleada de deseo que sabía que no podía disimular. Todo su ser anhelaba que volviera a tocarla.

Luca maldijo entre dientes y Hannah se sonrojó.

–Lo... lo siento –murmuró avergonzada. No podía

creer que su reacción fuera tan obvia–. Estaba pensando en salir a comer si no me necesitas. Quiero decir, si no necesitas nada de mí... en la oficina –¿podría empeorar todavía más la cosas?

–Sé lo que quieres decir –afirmó él con sequedad–. Sí, puedes irte.

Hannah salió a toda prisa del despacho.

Luca vio salir a Hannah de su despacho como si la persiguiera el mismísimo diablo y dejó escapar un gemido. Aquello estaba siendo mucho más difícil de lo que pensaba. Mucho más tentador. El mero roce de la mano de Hannah en la suya hacía que su cuerpo latiera de deseo, y no podía permitirse aquella distracción durante el horario de trabajo.

Los dos se acostumbrarían, se dijo. Su atracción se apagaría si no la alimentaban. Tal vez se fuera de viaje de trabajo a Estados Unidos para echar un ojo a las propiedades que tenía allí. Así los dos tendrían oportunidad de calmarse. De olvidar.

Pero Luca no quería olvidar nunca la sensación del delicado cuerpo de Hannah acogiendo el suyo, ni tampoco el modo en que lo había abrazado cuando se sentía derrotado y furioso, cómo le había consolado.

Luca se levantó bruscamente de la silla para mirar hacia la concurrida calle. No estaba acostumbrado a anhelar el consuelo o la compañía de otra persona. Había vivido siempre solo desde la muerte de su madre, abriéndose camino a golpes en el internado y en el sistema de acogida.

Luca había escogido levantar la barbilla e ignorar las burlas de las que era víctima por ser un bastardo sin padre en un pueblo de Sicilia. Siempre actuaba como si no le importara y casi se había convencido a sí mismo de que así era... hasta que se encontró cara a cara con Andrew Tyson, el hombre que ya le había rechazado una vez. Su padre.

Luca dejó escapar un suspiro y se apartó de la ventana. Tyson dejaría cerrado el acuerdo de propiedad en una semana, y él sería el dueño de los resorts que los hijos legítimos de su padre habían rechazado. Tendría el control de una herencia que habría sido suya como primogénito si Tyson, que tanto presumía de ser un hombre de familia, se hubiera dignado a casarse con la mujer que dejó embarazada.

Por fin tendría su revancha.

Mientras tanto tenía que controlar su libido y dejar a Hannah Stewart en el lugar al que pertenecía: el de su secretaria, una empleada como otra cualquiera.

Hannah dio un paso de una hora durante el tiempo de la comida y recorrió las calles del centro intentando superar su ridícula reacción ante Luca Moretti. Se recordó a sí misma cómo solía ser con él, fría y profesional. Así tenía que volver a ser.

Estaba más tranquila cuando regresó a la oficina. Por suerte, Luca tenía la puerta cerrada y estaba en una videoconferencia. Hannah siguió adelante con su día y casi estuvo a punto de convencerse de que tenía la situación bajo control.

Entonces Luca abrió la puerta de su despacho y el deseo y los recuerdos recorrieron su cuerpo como una fuerza imparable.

–Me voy a ir ya a casa a hacer la maleta –le anunció él.

Hannah mantuvo la mirada clavada en la pantalla del ordenador e intentó controlar las manos para que no le temblaran.

–¿La maleta...?

–Me voy a Estados Unidos una semana, para echar un ojo a las propiedades que tengo allí.

–¿Quieres que me encargue del viaje? –preguntó Hannah.

–No, ya me he ocupado yo –Luca hizo una pausa y Hannah levantó la mirada para encontrarse con sus ojos de acero–. Esto que ha pasado entre nosotros se desvanecerá, Hannah.

Ella no supo si sentirse gratificada o avergonzada de que Luca lo reconociera. ¿Le estaba diciendo que él también lo sentía con la misma intensidad?

–Por supuesto –consiguió decir Hannah–. Lo siento, no quiero que la situación sea incómoda.

Luca se encogió de hombros.

–No tendría que haber pasado nunca. Siento que sucediera.

Ay.

–Por supuesto –dijo ella tratando de disimular el dolor. No debería importarle.

–Pero si pasa algo, me lo dirás, ¿verdad?

Hannah tardó unos instantes en darse cuenta de que se refería al embarazo.

–Ya te dije que sí. Pero no creo que...

–Bien –Luca se despidió de ella con una inclinación de cabeza y salió de la oficina.

Hannah pasó el resto de la semana tratando de seguir adelante con su vida. Hizo limpieza general en su casa, se compró ropa nueva y fue a la peluquería. No por Luca Moretti, sino por ella. El fin de semana llevó a Jamie al cine y al parque y se dijo a sí misma que en muchos sentidos había sido bendecida. No necesitaba nada más en su vida. Y menos a un hombre que solo le rompería el corazón.

Unos días después de que Luca se marchara supo que no estaba embarazada. Eso le produjo alivio y al mismo tiempo una punzada de desilusión. Sinceramente, ¿qué habría hecho con otro bebé? Ya era bastante difícil ser madre soltera de un solo hijo.

El día que Luca volvió al trabajo se vistió cuidadosamente con uno de sus conjuntos nuevos, un vestido ajustado de seda gris plata con chaqueta negra. Se arregló el pelo con un moño más glamuroso en lugar de con su habitual coleta y se sintió más segura y más fuerte.

Cuando Luca cruzó la puerta de la oficina, a Hannah se le paró el corazón al mirarle y fijarse en las ojeras que tenía. Sintió el irresistible deseo de levantarse y abrazarlo.

—Hola —dijo con tirantez volviendo la vista al ordenador—. Bienvenido.

—Gracias —Luca se detuvo al lado de su escritorio y Hannah aspiró su aroma varonil—. ¿Ha pasado algo importante mientras he estado fuera?

—No, nada en particular —le había mantenido informado por correo electrónico—. Tienes algunas cartas encima de la mesa.

—Gracias —pero Luca no se movió, y Hannah apartó la vista del ordenador para mirarle. Luca la miró con intensidad, y ella sintió que podría perderse en aquellas profundidades oscuras.

—Luca —susurró ella. Y La expresión de Luca se endureció.

—Estaré en mi despacho.

Una semana fuera no había cambiado nada. Luca se dejó caer en la silla, incómodo y molesto consigo mismo por seguir respondiendo ante Hannah de un modo tan básico y al mismo tiempo tan abrumador. Al verla tan arreglada y elegante sintió el impulso de estrecharla entre sus brazos, quitarle las horquillas del pelo y perderse en la gloria de su boca.

Mientras estuvo en Nueva York trató de distanciarse del recuerdo de sus caricias saliendo con una modelo con la que había quedado una vez, pero aquella mujer tan bella y elegante le dejó completamente frío. No fue capaz siquiera de besarla.

Tal vez estuviera encarando mal el asunto, se dijo. En lugar de intentar olvidar a Hannah, necesitaba sacarla de su interior. Había notado que ella reaccionaba ante él con la misma fuerza que él con ella. ¿Por qué no tener una aventura? Arreglarían aquella inconveniente atracción y seguirían con su relación profesional. No quería perder a su secretaria, y sabía que ella no quería perder su trabajo. Seguro que podían manejar aquello con sensatez. Con profesionalidad, incluso. Los dos estaban de acuerdo en que no querían arriesgarse a tener una relación de verdad, así que Hannah aceptaría sin duda la clase de acuerdo que Luca tenía en mente. Lo único que debía hacer era ofrecérselo.

Capítulo 12

HANNAH acababa de acostar a Jamie y se había puesto unos pantalones de yoga y una sudadera grande cuando sonó el timbre de la puerta. Estaba agotada y lo único que quería era servirse un vaso de vino y tal vez un poco de helado y pasarse varias horas viendo la televisión.

Pensó que se trataría de su vecina, una señora mayor que a veces venía a pedirle ayuda para abrir un frasco o agarrar algo de un estante alto. Así que abrió la puerta con una sonrisa que se le borró al instante al ver al hombre que estaba en el umbral de su casa.

–Luca... ¿qué estás haciendo aquí?

–Quiero hablar –bajó la cabeza para no darse con el dintel–. ¿Puedo entrar?

La primera reacción de Hannah fue negarse. No quería que estuviera en su casa, abrumándola con su poder, su presencia. Miró hacia atrás como buscando ayuda, pero no llegó.

–De acuerdo –guio a Luca hasta el salón. Lo había recogido después de la merienda y no quedaba ningún rastro de su hijo–. ¿Ocurre algo? No estoy embarazada, si has venido por eso.

–Ah –Luca pareció sorprendido y luego incómodo–. No, no he venido por eso.

Desconcertada, Hannah le señaló una silla.

–¿Quieres sentarte? –le parecía surrealista tener a Luca en su casa, ocupando todo el espacio y el aire.

Ella se sentó en el sofá y él en la silla de enfrente con las manos en las musculosas piernas.

—Esto no funciona, Hannah.

A ella se le puso el estómago del revés. No podía fingir que no entendía de qué estaba hablando.

—Lo superaré –aseguró con cierta desesperación–. Puedo trabajarlo...

—No eres solo tú –la atajó Luca–. A mí también me pasa.

El corazón le dio un vuelco al escuchar que lo reconocía, pero seguía a la defensiva. No podía perder su trabajo.

—¿Qué estás sugiriendo? Necesito el trabajo...

Luca torció el gesto.

—¿Crees que sería capaz de despedirte por esto? No soy esa clase de hombre –parecía dolido.

—Lo siento, supongo que estoy un poco paranoica –Hannah alzó las manos–. Tú tienes todas las cartas en tu mano, Luca.

—Entonces déjame jugar una ahora. Te deseo, Hannah. Quiero tenerte en mi cama. Y no solo unos minutos inconscientes, sino como debe ser.

Ella se lo quedó mirando conmocionada. Se sentía mareada y no fue capaz de hablar.

—No veo razón para que no podamos tener una aventura –afirmó Luca–. Está claro que nos sentimos atraídos el uno por el otro, y esos sentimientos no van a desaparecer. Creo que sería mejor explorar esta mutua atracción hasta que estemos satisfechos, y luego dejarlo como amigos –los ojos le brillaban y la miró fijamente–. Soy un amante muy considerado y generoso, Hannah.

—Lo sé –murmuró ella. La conmoción estaba pasando y en su lugar apareció la rabia y, lo que era peor, el dolor–. He mandado llamar a la mensajería de Tiffany's muchas veces –añadió irónica.

Luca no pareció ni remotamente afectado por su afirmación.

—Entonces, ¿accedes?

—¿A qué exactamente? ¿A ser tu amante? —Hannah se agarró a la rabia. Era mejor estar enfadada que echarse a llorar por la decepción de que fuera eso lo que le estaba ofreciendo. Sexo sin ataduras. Aunque no debería sorprenderla—. ¿Y qué implica eso para ti? ¿Estar a tu disposición cada vez que levantes un dedo y al mismo tiempo no agobiarte, no buscarte?

—Soy un hombre ocupado.

—Y yo soy una mujer ocupada —le espetó ella.

Luca alzó las cejas en gesto de asombro.

—¿Esa es tu única reserva? Porque en ese caso creo que podemos arreglarlo.

—Apuesto a que sí.

—¿Por qué estás tan ofendida?

—Porque no quiero ser tu entretenimiento —exclamó ella levantándose del sofá. Empezó a caminar por el salón agitada—. No quiero ser el entretenimiento de nadie.

—No lo serías. Al decir eso sugieres que saldría con otras mujeres al mismo tiempo, y te aseguro que siempre soy fiel a la compañera con la que estoy.

—Ah, bueno, qué alivio —Hannah puso los ojos en blanco.

Luca apretó los labios.

—¿Cuál es exactamente tu objeción?

Hannah se lo quedó mirando, consciente de que estaba siendo poco razonable. Aquella proposición era exactamente lo que tendría que haber esperado de Luca. Y lo que ella había estado contemplando durante aquel fatídico fin de semana. Entonces, ¿por qué se mostraba ahora tan ultrajada?

Suspiró y volvió a sentarse en el sofá.

–Lo siento, Luca, pero tu proposición me parece inaceptable. Es tentadora, por supuesto, porque tienes razón. Me siento atraída por ti, mucho, y eso no lo puedo negar.

Los ojos de Luca brillaron durante un instante.

–Entonces no lo niegues.

–Pero no quiero una aventura –le explicó ella, aunque en aquel momento se cuestionó su propia cordura por rechazar al hombre más deseable y atractivo que había conocido en su vida–. Al menos no quiero *solo* una aventura.

–Ah –los labios de Luca esbozaron una sonrisa cínica–. Así que sí había un «tal vez», después de todo.

Hannah se rio con tristeza.

–Supongo que sí –aspiró con fuerza el aire. Necesitaba explicarse un poco mejor–. Sé lo que es que un hombre quiera sencillamente que ocupes una casilla en su vida, y eso no es lo que quiero.

–¿El novio de hace seis años?

–Sí.

–Pero le echas de menos.

–Sí, aunque no es tan sencillo como eso. Para mí, una relación es dar y tomar. Querer estar con una persona pase lo que pase, no solo cuando tienes las circunstancias a favor. Y sinceramente, Luca, no quiero quedarme tirada cuando hayas quemado esto que hay entre nosotros.

Luca sonrió pero sus ojos seguían igual de duros.

–Tal vez sea yo quien me quede tirado.

–Teniendo en cuenta tu recorrido con las mujeres, lo dudo –contestó Hannah–. Tú eres el segundo hombre con el que he estado en mi vida. Tal vez por eso estoy respondiendo de un modo tan emocional. Pero la respuesta tiene que ser no, Luca –el corazón le dio un vuelco en protesta, pero se mantuvo firme–. Quiero algo más de una relación, si es que alguna vez tengo una. Ni siquiera estoy segura de eso. Es arriesgado, los dos lo sabemos. Está claro que tú no quieres correr el riesgo y yo tampoco estoy segura de querer hacerlo.

–Así que quieres más de lo que te ofrezco pero ni siquiera tienes claro que estés dispuesta a arriesgarte –concluyó Luca–. No puedes tener ambas cosas, Hannah.

–No voy a tener nada –contestó ella con tristeza–. Pero desde luego, no estoy interesada en la clase de acuerdo que sugieres –aspiró con fuerza el aire y estiró los hombros–. No va conmigo –aunque le dolía más de lo que estaba dispuesta a admitir rechazar a Luca.

Pero sabía que no podría terminar bien. Le había empezado a importar demasiado y Luca se aburriría con ella. La trataría como a las demás mujeres con las que había estado y eso acabaría con su confianza en sí misma y le rompería el corazón. Era mejor así, terminar antes de empezar.

Luca se la quedó mirando durante un largo instante.

–Si estás segura... –dijo en voz baja.

–No estoy segura –admitió Hannah con una carcajada amarga. No podía disimular el deseo que la quemaba por dentro–. Lo único que tendrías que hacer es tocarme, Luca –admitió.

Y supo que no le estaba advirtiendo; se lo estaba pidiendo.

Supo que Luca fue también consciente de ello porque le brillaron los ojos, se levantó de la silla y se puso de rodillas delante de ella. Hannah estiró la mano y le acarició la incipiente barba de la mandíbula. Sabía que no debería hacerlo, pero no podía evitarlo.

–Hannah, ¿sabes lo que haces conmigo? –jadeó Luca.

–Dímelo tú –le pidió ella–. Se sentía hipnotizada,

casi drogada por el deseo que le recorría las venas ante la idea de que Luca la tocara. Que la deseara.

—Me vuelves loco —murmuró él deslizándole las manos por el pelo, sosteniéndole el rostro entre las manos y acercándolo al suyo hasta que sus labios estuvieron casi unidos–. Haces que pierda la cabeza. Esto es en lo único en que he estado pensando durante la última semana.

Y entonces la besó en los labios con gesto posesivo.

Hannah se abrió a su beso y arqueó el cuerpo hacia el suyo mientras le acariciaba el pelo.

—¿Cómo puedes decir que no a esto? —quiso saber Luca deslizándole las manos por debajo de la sudadera para cubrirle los senos con las manos desnudas.

El contacto de pie con piel hizo que Hannah se estremeciera de placer.

—No estoy diciendo que no —murmuró mientras él le bajaba la cremallera de la sudadera.

—Nunca digas que no —le pidió Luca quitándole la sudadera–. No puedo soportarlo. No me digas nunca que no, Hannah.

Ella sabía que no podía decir nada en aquel momento. Le deslizó las manos por el pecho y le sacó la camisa de los pantalones porque quería sentir su piel contra la suya. Luca gimió, y Hannah estaba a punto de quitársela por la cabeza cuando una parte lejana de su cerebro registró un crujido en la escalera.

Dejó las manos quietas y Luca la miró. En sus ojos había una pregunta.

«No», pensó Hannah. «No, por favor...».

La puerta se abrió.

—¿Mamá...?

Capítulo 13

LUCA se quedó paralizado en cuanto Hannah volvió a colocarse la sudadera a toda prisa y se levantó tambaleándose del sofá. Se dio la vuelta despacio y miró al niño adormilado que estaba en el umbral. El hijo de Hannah.

–Hola, cariño –Hannah tomó al pequeño en brazos y miró a Luca nerviosa–. Se suponía que tenías que estar durmiendo.

–He tenido una pesadilla.

–Te voy a llevar otra vez a la cama, Jamie.

Jamie. Así que este era el hombre que había en su vida. Aquella certeza cayó sobre él con la fuerza de una apisonadora. Jamie abrió mucho los ojos y le miró directamente.

–¿Quién es este, mamá?

–El señor para el que trabajo, Jamie. Ha... ha venido para una reunión –Hannah miró a Luca como si estuviera enfadada con él. ¿No debería ser él quien estuviera enfadado? Él era el engañado.

Un hijo. ¿Por qué no le había dicho nunca Hannah que tenía un hijo?

Con Jamie en brazos, se giró hacia él.

–¿Te importa si no te acompaño a la puerta...?

Luca la miró durante un tenso instante.

–Te esperaré aquí –respondió con frialdad.

Estaba planteándose su decisión cuando Hannah desapareció escaleras arriba con su hijo y él se quedó solo con sus propios pensamientos. Hannah tenía un hijo. A la luz de aquella nueva información, su proposición de que tuvieran una aventura le resultaba sórdida y desagradable.

Una madre no iba a dejarlo todo para desfilar con lencería sexy en su ático o en la habitación de un hotel de cinco estrellas. No era de extrañar que le hubiera rechazado.

Luca se dejó caer en el sofá con un gemido de frustración. La cabeza le daba vueltas. No sabía qué hacer con aquella información, pero sabía que estaba enfadado con Hannah por no habérselo contado.

Escuchó el crujido de las escaleras y luego se abrió la puerta. Alzó la vista y vio a Hannah, que tenía una expresión decidida.

—¿Por qué no me lo contaste? —inquirió en voz baja.

—No tienes por qué saber nada de mi vida personal.

Luca se revolvió, molesto por aquel dardo.

—¿Lo del fin de semana pasado no me otorga ningún derecho?

Ella alzó la barbilla unos milímetros y se quedó en la puerta con los brazos cruzados.

—¿Sinceramente? No.

Luca contuvo el comentario desagradable que iba a hacer. Si se calmaba un segundo, podía darse cuenta de que tenía algo de razón. Él mismo había despreciado su encuentro. El hecho de que no estuviera siguiendo sus planes ahora le suponía frustración y desilusión, pero no significaba que ella hubiera sido falsa. La traición no tenía cabida si ni siquiera había relación.

Pero Luca se sentía traicionado.

—Háblame de él —le dijo.

Hannah alzó las cejas.

—¿Por qué, Luca? Entre nosotros no hay nada. Creo que sería mejor que...

–Hazme ese favor –la atajó él apretando los dientes.

Hannah se lo quedó mirando durante un largo instante y finalmente se acercó para sentarse frente a él.

–¿Qué quieres saber?

–¿Cuántos años tiene?

–Cinco.

–¿Quién es su padre?

–El hombre del que te hablé.

–¿Tu novio? ¿No os casasteis? –Luca se dio cuenta del tono de censura que estaba utilizando.

–No, no nos casamos –respondió Hannah–. Aunque tal vez lo habríamos hecho si no hubiera muerto.

–¿Cómo murió?

–En un accidente de moto –ella apretó los labios–. ¿Por qué quieres saber todo esto ahora?

–No lo sé –reconoció Luca–. Esto me ha descolocado, Hannah. Todo en ti me descoloca desde que aterrizamos en Santa Nicola.

–¿Te arrepientes de haberme presentado como tu prometida? –preguntó Hannah con una risa cansada.

Parecía triste, y eso le entristecía a él. Tenía la impresión de que era otro hombre quien le había propuesto convertirla en su amante. Y que ella era otra mujer.

Pero lo cierto era que no se arrepentía de nada de lo sucedido aquel fin de semana en Santa Nicola. No se arrepentía de haberla conocido íntimamente. De hecho quería más.

Pero no tanto.

–¿Por qué nunca mencionaste que tenías un hijo? –preguntó transcurridos unos instantes–. Es algo importante. La mayoría de los jefes saben eso sobre sus empleados.

–Tú no eres como la mayoría de los jefes, Luca. Nunca me lo preguntaste.

–Pensé que estabas soltera.

–Estoy soltera.

–Y que no tenías hijos –aclaró él–. Lo normal habría sido que lo mencionaras.

Ella se cruzó de brazos y se puso otra vez a la defensiva.

–Bueno, pues no lo hice. No me gusta hablar de mi vida privada. Y sinceramente, pensé que no te entusiasmaría saber que tengo una responsabilidad familiar tan grande. Se supone que las secretarias personales tienen que dejarlo todo por el trabajo.

–Y eso es lo que has hecho tú en muchas ocasiones –reconoció Luca–. ¿Quién se queda con Jamie? –le resultaba extraño pronunciar su nombre.

Hannah apretó los labios.

–Mi madre. Vive cerca de aquí.

Por eso estaba allí la noche en que la dejó en casa después de ir a cenar y de compras.

–¿Me estás haciendo todas estas preguntas como jefe o como otra cosa? –preguntó Hannah arrastrando las palabras.

Luca alzó la vista hacia Hannah y se dio cuenta de que no conocía la respuesta a aquella pregunta.

–Solo estoy sorprendido –gruñó, consciente de que esa no era ninguna respuesta.

–Bueno, pues ahora ya sabes la verdad. Y te aseguro que esto no afectará a mi trabajo, nunca lo ha hecho.

Luca pensó en todas las noches y los fines de semana que habían trabajado juntos y contuvo una punzada de culpabilidad y enfado. Hannah tendría que haberle contado que tenía un hijo esperando en casa que necesitaba sus cuidados. Él se habría encargado del asunto.

O tal vez no. Tal vez le hubiera dicho que no cumplía con los requisitos para el puesto.

–Debería irme –dijo levantándose de la silla.

Hannah le miró con una expresión de tristeza que Luca no entendió. Era ella quien le había rechazado. Aunque nunca le habría hecho aquella proposición de haber sabido que...

–Nos vemos mañana –dijo. Se despidió con un brusco asentimiento y salió de la habitación.

Hannah se pasó la noche en blanco, preguntándose si debería haber hecho las cosas de otro modo. Tal vez si hubiera sido clara respecto a Jamie desde el principio, o al menos durante el último fin de semana, Luca no le habría propuesto aquel acuerdo. Tal vez habría intentado algo más.

O quizá habría salido corriendo en dirección contraria. Hannah sabía que Luca no estaba interesado en tener una relación, y mucho menos en hacer de padre. Al rechazar la propuesta de tener una aventura se había dado cuenta de que quería mucho más. No con cualquiera, sino con él. Con Luca.

Saber que tenía un hijo, reflexionó Hannah, haría que Luca se apartara definitivamente de ella. Y con suerte, la atracción que sentía hacia él se difuminaría al no ser recíproca. Aquello suponía un alivio aunque no lo pareciera.

No podía tener el corazón tan roto considerando lo rápido que habían pasado las cosas entre ellos. Un poco maltrecho, eso sí, pero había sobrevivido a cosas peores y lo seguiría haciendo. Era mejor así. Seguía repitiéndose ese argumento cuando dejó a Jamie en el colegio. Y entonces vio que en su clase habían organizado una venta de postres y que ella era la única madre que no había llevado algo casero.

—¿No leyó usted la nota que le di a Jamie? —preguntó la profesora con tono de reproche.

—Seguramente lo olvidé —dijo Hannah. Se giró hacia Jamie, que estaba viendo el desfile de padres con sus postres.

—Lo siento, cariño.

El pequeño se encogió de hombros.

—No pasa nada.

Pero sí pasaba. Siempre trataba de que no se le escapara nada, pero a veces sucedía. Hannah supuso que podía disculparse porque había tenido muchas distracciones, pero seguía sintiéndose culpable.

Llamó a su madre de camino al trabajo y le preguntó si podía preparar algo rápido.

—Lo siento, Hannah —se disculpó Diane—. Hoy estoy de voluntaria en el centro de día.

—Claro —su madre iba de voluntaria varias veces a la semana a un centro de mayores—. No te preocupes, no pasa nada —dijo lo más alegremente que pudo.

Pero se pasó media hora en el metro tratando de calmar el sentimiento de culpa.

Luca estaba encerrado cuando Hannah llegó, y ella se puso a trabajar al instante y trató de apartar de sí los pensamientos que la preocupaban.

Luca salió una hora más tarde para comentar con ella unos asuntos y Hannah se puso tensa al verlo acercarse.

—¿Qué te pasa? —le preguntó Luca después de darle unos datos para el viaje que tenía pensado hacer a Asia el mes siguiente—. Pareces preocupada. ¿Se trata de Jamie?

Sorprendida por su intuición y por su interés, Hannah reconoció:

—Sí, pero es una tontería. Olvidé que su clase tenía una venta de postres hoy. Todo el mundo ha llevado bizcochos y pasteles caseros excepto yo –sacudió la cabeza al observar la cara de asombro de Luca–. Ya te dije que era una tontería.

Luca no respondió durante un instante. Ella suspiró y se giró hacia las notas que había tomado.

–Entonces, ¿Jamie va a ser el único niño de la clase que no ha llevado postre? –preguntó Luca.

–Sí, pero no importa, de verdad...

–Sí que importa –afirmó él con rotundidad–. Déjame hacer unas cuantas llamadas.

Hannah se lo quedó mirando con asombro mientras él volvía a su despacho. Sin saber qué más hacer, continuó con su trabajo. Luca reapareció quince minutos más tarde.

–Vamos –dijo–. Mi limusina está esperando. Vamos al colegio de tu hijo.

–¿Qué...?

–No puede ser el único que no lleve postre –afirmó Luca apretando el botón del ascensor.

Hannah no tuvo más remedio que agarrar el bolso y el abrigo y seguirle hasta el ascensor.

–Luca, ¿qué estás haciendo? Podría haber mandado una tarta por mensajero al colegio –murmuró. Ahora se sentía todavía más culpable.

–Haremos algo todavía mejor –anunció Luca–. Se los llevaremos en persona.

Los pasteles resultaron ser una creación exquisita de una exclusiva pastelería cercana. Hannah miró en el interior de la caja blanca y se quedó boquiabierta al ver los arándanos brillando como joyas entre pliegues de nata montada.

–Esto es increíble –le dijo a Luca–. Y debe haberte costado una fortuna.

–Es un regalo. Déjame que lo haga, Hannah.

Ella sacudió la cabeza muy despacio, abrumada pero también conmovida por su generosidad.

–No te entiendo. Anoche parecías enfadado...

–Estaba sorprendido –la corrigió él–. No me gustan las sorpresas. Pero ahora quiero ayudar.

–Si ni siquiera te gustan lo niños –le espetó Hannah.

Luca le miró ofendido.

–El hecho de que no quiera tener hijos no significa que no me gusten los niños.

–Pero, si te gustan, ¿por qué no quieres tenerlos?

Hannah contuvo el aliento mientras esperaba a que contestara. Se dio cuenta de que realmente quería saber la respuesta.

–Ya te dije que no vale la pena –dijo finalmente–. Estuviste parcialmente de acuerdo conmigo, así que ya sabes lo que eso significa.

Hannah consideró la cuestión durante un instante.

–Significa que te da miedo que te hagan daño –respondió con voz pausada–. Te da miedo que alguien te deje o deje de quererte. Te da miedo que querer a alguien te cause más dolor que alegría.

Mantuvo la mirada de Luca esperando a que respondiera, a que reconociera la verdad.

–Bueno –dijo él apartando la vista y mirando por la ventana–. Entonces ya sabes la razón.

Hannah guardó silencio y trató de lidiar con sus emociones y con las de Luca.

–Eso suena muy solitario –dijo finalmente.

Luca se encogió de hombros. Seguía sin mirarla.

–Estoy acostumbrado a estar solo.

Hannah recordó lo que le había contado en la playa.

–¿No quieres ni siquiera intentarlo? –le preguntó con voz entrecortada.

–No sé si puedo –respondió él en voz tan baja que Hannah tuvo que hacer un esfuerzo para oírle.

–Si no lo intentas nunca lo sabrás –dijo ella.

Luca se volvió a girar para mirarla a los ojos. Tenía una expresión tensa.

–La realidad es más complicada cuando hay gente implicada –afirmó–. Niños. Si quieres saber por qué he querido ayudar a Jamie hoy es porque sé cómo se siente –continuó Luca–. Cuando yo era niño, mi madre no estaba capacitada para atenderme. No te estoy comparando con ella –se apresuró a aclarar–. Estoy convencido de que tú eres una buena madre.

–Gracias –murmuró ella.

–Pero a un niño no le gusta ser el único de la clase que no tiene el uniforme apropiado para educación física o que no puede pagar la comida del colegio.

–Eso es lo que te pasó a ti –dijo Hannah con dulzura.

–Sí –Luca entornó la mirada–. Cuando mi madre murió conseguí una beca para un exclusivo internado, pero no lo cubría todo. Era como si tuviera la palabra «huérfano pobre» escrita en la frente –suspiró y movió los hombros para librarse de la tensión–. Puedo entender lo que significa sentirse fuera.

Y el hecho de que estuviera haciendo algo al respecto, intentando mejorar las cosas para su hijo, hacía que a Hannah se le encogiera el corazón. Luca se lo estaba poniendo muy difícil para que dejara de sentir algo por él. Un acto más de ternura y estaría a medio camino de enamorarse. De hecho ya estaba casi enamorada.

Le dijo al chófer la dirección del colegio de Jamie y la limusina se detuvo a las puertas del patio en el que estaban jugando los niños. Todos corrieron a la verja con los ojos abiertos de par en par al ver la limusina. Cuando Luca y ella salieron, Hannah escuchó los murmullos de los niños.

–¿No es la madre de Jamie?

–¿Y qué hace en ese coche tan bonito?

–¡Y el hombre que la acompaña trae pasteles!

Los murmullos se convirtieron en gritos de emoción cuando Luca abrió la enorme caja blanca.

–Esto es para Jamie Stewart –anunció con voz amistosa y al mismo tiempo firme–. He oído que necesita pasteles para la venta de dulces de clase.

Los niños lo rodearon dando gritos y entonces Hannah se dio cuenta de que Luca necesitaba hacer aquello por su bien además de por el de Jamie. Aquella certeza le llenó los ojos de lágrimas. Tras una infancia demasiado triste y una adolescencia dura, Luca podía ser por fin el chico que llevaba pasteles.

Jamie les sonrió a ambos mientras Luca dejaba la caja en consejería.

–Gracias, mamá –susurró abrazándola por la cintura con fuerza.

Hannah le revolvió el pelo.

–Dale las gracias al señor Moretti –dijo con una sonrisa–. Él fue quien insistió en que trajéramos los pasteles.

Jamie se giró hacia Luca con la mejor de sus sonrisas.

–¡Gracias, señor Moretti!

Luca pareció asombrado, y luego asintió brevemente con la cabeza.

–Ha sido un placer –murmuró.

Regresaron a la limusina en silencio. Luca parecía perdido en sus pensamientos, y Hannah sentía que se iba a echar a llorar. Finalmente consiguió decir:

–Eres un buen hombre, Luca Moretti.

Él se giró para mirarla y le dijo con frialdad:

–Tal vez no pienses lo mismo dentro de un instante.

—¿Por qué? —preguntó Hannah sintiendo que se le caía el alma a los pies.

—Porque Andrew Tyson me ha enviado un correo electrónico esta mañana. Quiere cenar con nosotros mañana por la noche.

Capítulo 14

HANNAH se miró en el espejo y frunció el ceño al verse las mejillas pálidas y los ojos brillantes. Se sentía aterrorizada y al mismo tiempo eufórica ante la perspectiva de la velada que tenía por delante actuando una vez más como prometida de Luca, y se le reflejaba en la cara.

Su madre alzó las cejas cuando Hannah apareció en el salón.

—¿Es una cena de trabajo? —preguntó con escepticismo, porque el vestido de seda color esmeralda le marcaba las curvas y estaba muy lejos de parecerse a su habitual conjunto de falda de tubo y blusa de seda.

—Es más bien una ocasión social —contestó con tono evasivo.

Su madre alzó todavía más las cejas.

—¿Una cita?

—Tal vez —reconoció Hannah—. Pero seguramente no —se apresuró a añadir antes de que su madre se dejara llevar.

Seguramente no, se recordó con firmeza. Por mucho que su obstinado corazón se empeñara en tener esperanzas tras haber visto un lado más dulce de Luca el día anterior, sabía que lo de aquella noche era una nueva farsa.

La idea de fingir le pareció más pesada aquella noche que durante el fin de semana en Santa Nicola. ¿Cómo se suponía que iba a fingir que amaba a un hombre, si sospechaba que ya lo amaba de verdad? No sabía qué parte de sí misma ocultar y cuál revelar. Y no le gustaba la idea de volver a mentirle a Andrew Tyson. Era un hombre amable y deseaba de corazón que sus resorts se los quedara alguien con sentido de la familia.

A pesar de las preocupaciones, estaba emocionada cuando la limusina de Luca se detuvo frente a la casa. Jamie estaba todavía despierto y pegó la cara al cristal mientras inspeccionaba el coche. Y también cuando la poderosa figura de Luca salió y se dirigió a la puerta. A Hannah le dio un vuelco al corazón al verlo con traje de chaqueta gris y corbata carmesí. ¿Por qué reaccionaba así a él si le había visto en trajes parecidos cientos de veces? Pero a su cuerpo no le importaba. Todo había cambiado.

Luca llamó a la puerta y Jamie corrió a abrirla.

—¿Me has traído pasteles? –le preguntó a Luca. Hannah le puso una mano en el hombro a su hijo.

—No seas maleducado, Jamie.

—Claro que sí –respondió Luca con una sonrisa. Y le mostró una pequeña tarta de chocolate perfectamente envuelta que tenía escondida en la espalda–. Compártela con tu abuela. Estás preciosa –dijo girándose hacia Hannah y mirándola fijamente durante un instante.

—Gracias –a ella se le secó la boca.

—Divertíos –intervino Diane guiñando un ojo.

Y Hannah decidió que había llegado el momento de salir de allí, antes de que su madre dijera algo más revelador.

—Gracias por la tarta que le has traído a Jamie –dijo cuando estuvieron sentados en el coche–. Y dime, ¿por qué quiere vernos Andrew Tyson otra vez? –preguntó, decidida a mantenerse centrada en el asunto que les ocupaba.

–No lo sé. Solo dijo que quería cenar con nosotros para hablar de los planes y conocernos mejor.

–¿Conocernos mejor? –repitió Hannah alarmada–. ¿Y si sospecha algo? Podría pillarnos perfectamente.

–¿Tú crees? –preguntó Luca con tono suave. Los ojos le brillaban en la oscuridad del coche–. Creo que a estas alturas ya nos conocemos bastante el uno al otro.

Hannah se alegró de que no se le notara el sonrojo en la penumbra.

–Tal vez, pero todavía hay preguntas que podría hacernos –suspiró.

–Sé que estás cansada de esta farsa, igual que yo. Pero esta noche será la última vez, Hannah. Espero que Tyson dé a conocer esta noche sus intenciones para los resorts –miró por la ventanilla hacia fuera–. Necesito que lo haga.

Hannah observó durante un instante la dureza de sus facciones antes de preguntarle:

–¿Por qué hay tan mala sangre entre Tyson y tú, Luca? ¿Qué fue lo que pasó, que él ni siquiera lo sabe?

–Fue hace mucho tiempo.

–Eso no es una respuesta.

–Es la única que voy a darte –Luca vaciló–. Lo siento, Hannah. No quiero hablar de esa parte de mi vida.

Luca vio cómo se le cerraba a Hannah la expresión y supo que estaba herida. Pero ¿cómo iba a admitir la verdad? Ya había revelado bastante sobre su infancia. No quería recibir más compasión... ni que le juzgaran por los planes que tenía para Tyson.

Su plan de venganza permanecía claro como el cristal, pero sus sentimientos hacia Hannah estaban más confusos que nunca. Para él mismo fue una sorpresa ir al colegio de Jamie el día anterior, y también comprarle una tarta al niño aquella noche. Y todavía le resultaba más inquietante la emoción que había sentido al ver a Hannah. Estaba impresionante con aquel vestido verde esmeralda que se le ajustaba como una segunda piel.

Nada había atemperado el deseo que sentía por ella, ni saber que tenía un hijo ni que ella hubiera rechazado su proposición. Ambas cosas hacían que la deseara más, lo que resultaba frustrante y contradictorio. Había disfrutado viéndola abrazar a su hijo, y ser testigo del amor que sentía por el niño provocó un poderoso anhelo en él por lo que se había perdido durante su propia infancia, pero también por lo que no había intentado tener como hombre. El hecho de que Hannah hubiera rechazado su oferta de solo sexo hacía que la respetara más de lo que se respetaba a sí mismo. Ella quería más de una relación. No tenía miedo a intentarlo.

Él sí.

Era miedo, pura y simplemente, lo que le impedía pedirle a Hannah que tuvieran una relación de verdad. La certeza resultaba vergonzosa. ¿Desde cuándo se contenía por miedo? Había firmado acuerdos impresionantes y asumido riesgos empresariales brutales. Había empezado de cero con veintidós años, recién salido de la universidad. ¿Cómo podía tener miedo ahora de nada?

Siempre había pensado que estar solo significaba ser fuerte, pero desde que conoció mejor a Hannah, desde que vio su particular coraje, se preguntó si no sería en realidad una debilidad.

Y aquel pensamiento era el más aterrador de todo. Porque si intentaba lo que ella le había pedido, si arriesgaba su corazón y su alma, ¿qué pasaría cuando Hannah le abandonara?

La limusina se detuvo frente al restaurante de lujo

en el que Tyson había sugerido que se encontraran. Luca miró a Hannah.

–Hannah –la tomó de la mano y disfrutó del calor de su piel, del consuelo de su contacto–. Te prometo que esta será la última vez. No volveremos a fingir jamás pase lo que pase.

Ella se giró para mirarle.

–¿Y si Tyson quiere volver a vernos? Esta farsa no tiene fin, Luca. Seguramente espera que le invitemos a la boda...

–No. Dentro de unas semanas o unos cuantos meses anunciaremos que hemos roto nuestro compromiso.

–Ah –Hannah se apoyó en el asiento como si le faltara el aire–. Entiendo. ¿Dirás que me has dejado por una nueva supermodelo?

–No he insinuado nada semejante –respondió él con aspereza–. Podemos decir que ha sido una decisión mutua. O puedes ser tú quien me deje. Después de todo, me lo merezco por todo lo que te he hecho pasar.

La idea provocó que todo su interior se encogiera. Estaban hablando de un compromiso falso, y sin embargo se sintió rechazado. Porque no quería terminar con Hannah. Todavía no.

–Deberíamos entrar –dijo Hannah con cansancio abriendo la puerta.

Se giró para mirarle y Luca sintió la pérdida.

La emoción que Hannah había experimentado ante la idea de pasar la velada con Luca se evaporó. Se encontraba cansada y triste y extrañamente vacía, y la idea de fingir durante varias horas la llenaba de desesperación. No quería aquello. Quería que Luca la amara de verdad. Quería ser sincera respecto a sus sentimientos, no participar en aquel juego retorcido. ¿Y para qué? ¿Por un acuerdo empresarial que era prácticamente calderilla para un hombre con Luca?

No había querido contarle su historia con Tyson, y ella no se había atrevido a insistir. Luca le había dejado claro que no tenía ningún derecho sobre su vida.

El restaurante era silencioso y elegante, cada mesa tenía su intimidad. Los camareros se movían con discreción por la sala y el único sonido que se escuchaba era el tintineo del cristal y la cubertería de plata, el suave murmullo de las conversaciones.

–Hannah, Luca –la melodiosa voz de Andrew Tyson llegó hasta ellos cuando se levantó de la mesa que había reservado para ellos en una esquina del restaurante–. Qué alegría volver a veros.

Luca le pasó el brazo por la cintura y la atrajo hacia sí, de modo que sus caderas se rozaron. A Hannah le bulló la sangre en las venas con el contacto.

Tyson estrechó la mano de Luca y luego besó a Hannah en la mejilla. Después se sentaron y pidió al camarero que les llevara el mejor champán que tuvieran.

–Para celebrar vuestro compromiso –dijo con una sonrisa–. Entre otras cosas. ¿Ya tenéis fecha?

Hannah miró a Luca esperando que le diera una pista y vio que sonreía con naturalidad.

–En verano. Todo el mundo dice que las bodas en junio están muy bien.

¿Junio? Para eso solo faltaban dos meses. Hannah empastó una sonrisa cuando Tyson se giró hacia ella.

–¿Y tendrás tiempo para preparar la boda, Hannah?

–Eso espero –sonrió como si le tiraran de una cuerda–. Con los contactos que tiene Luca las cosas pueden suceder muy deprisa.

–Estoy seguro –Andrew los miró a los dos de un modo especulativo.

Hannah se puso tensa, preguntándose si sospecharía

algo. ¿Le habría comentado algo Daniela? Luego se le relajó el rostro y el camarero abrió la botella de champán. Andrew alzó su copa para brindar.

—Por el matrimonio —dijo—. Y por la familia. Y por el amor verdadero, por supuesto.

—Por las tres cosas —dijo Hannah con la mayor firmeza que pudo.

Y los tres brindaron. Pidieron la comida y Hannah trató de relajarse. Trató de no tomarse cada mirada y cada caricia de Luca como una daga que se le clavaba en el corazón, pero le seguía doliendo. Porque solo estaba actuando ante Andrew Tyson, y aun así no podía evitar que su cuerpo respondiera, que su corazón tuviera el anhelo de que aquello fuera verdad.

Cuando terminó la cena tenía los nervios de punta. Andrew se había mantenido jovial y Luca cariñoso. Ella era la única que al parecer sentía la tensión.

Mientras pagaban la cuenta se levantó para ir al cuarto de baño. Necesitaba un respiro de la actuación. Se miró en el espejo del baño y se vio pálida y ojerosa. Trató de sonreír. Ya quedaba poco. Aquel pensamiento le provocó alivio y desilusión al mismo tiempo. Cuando salieran del restaurante, ¿volvería Luca a comportarse de un modo distante y profesional?

Luca y Tyson se estaban estrechando la mano cuando Hannah salió del baño.

—Estamos en contacto —prometió Tyson.

—¿Todavía no te ha dicho nada seguro? —preguntó Hannah cuando salieron del restaurante y se dirigieron a la limusina.

Luca le abrió la puerta y luego se sentó a su lado.

—Aún no, pero creo que es casi seguro.

—¿Y por qué quería vernos?

—Para asegurarse de que toma la decisión correcta, supongo.

La limusina se puso en marcha y Hannah vio las líneas de tensión del rostro de Luca con la luz de la calle.

–Al menos ya ha terminado –murmuró ella.

Luca la miró y frunció el ceño.

–No te has divertido.

–Estoy harta de fingir –reconoció Hannah–. Ya lo sabes. Pero no es solo eso. No me gusta fingir, Luca. Contigo –aspiró con fuerza el aire y se giró para que él no viera que tenía los ojos llenos de lágrimas–. Me duele.

Luca guardó silencio durante tanto rato que Hannah temió haberle apabullado con su sinceridad. Pero estaba demasiado triste para sentirse avergonzada.

–Hannah –le tomó la mejilla con la mano y le giró la cara para obligarla a mirarle. Le secó con el pulgar una lágrima que le temblaba en las pestañas–. No llores. No puedo soportar verte llorar. No puedo soportar la idea de hacerte daño –y dicho aquello, la besó.

Capítulo 15

LOS labios de Luca se juntaron con los de Hannah y sintió que volvía a casa. Ella abrió la boca bajo la suya y le agarró las solapas. Luca escuchó su suave gemido, lo que le incitó todavía más. La deseaba. La necesitaba.

–Luca... –murmuró ella.

Luca la atrajo hacia sí y le deslizó las manos por la seda del vestido, anclándola a sus caderas.

Hannah se apretó contra él, la parte más suave de su cuerpo se arqueó y Luca tuvo que hacer un esfuerzo para no quitarle el vestido y hundirse en su calor.

La limusina empezó a ir más despacio y se detuvo. Hannah se incorporó con un gemido, tenía el rostro sonrojado y los labios hinchados.

–Hemos llegado a mi casa...

–Esto es mi casa –gruñó Luca atrayéndola hacia sí. Ella se dejó llevar y sus labios encontraron los suyos mientras se frotaba contra su cuerpo.

–No puedo, Luca –murmuró. Pero dejó escapar un suspiro cuando su mano le cubrió un seno.

–Sí puedes.

Ella se rio nerviosa.

–No quiero una aventura, Luca.

Él apartó la mirada. Se sentía acorralado y al mismo tiempo sabía que no era justo. Solo porque Hannah no quisiera lo mismo que él... y que lo asparan si sabía qué quería de verdad.

–¿No podemos simplemente ir viviendo al día y ver qué pasa? –preguntó.

Ella se quedó muy quieta.

–¿Qué estás proponiendo exactamente?

–No quiero perderte. Pero no sé cuánto tengo para darte.

Hannah dejó escapar una risa nerviosa.

–Eso es sincero, supongo.

–La mayoría de la gente no empieza una relación prometiéndose un «para siempre» –gruñó Luca.

Hannah le miró fijamente.

–¿Es eso lo que sugieres? ¿Una relación en lugar de una aventura?

–Sí –murmuró él un poco a regañadientes–. ¿Qué te parece?

–¿Vivir al día? –repitió ella.

Luca asintió y contuvo el aliento, asombrado por lo mucho que aquello significaba para él. Lo mucho que necesitaba que le dijera que sí.

Una sonrisa tímida y lenta asomó a su hermoso rostro.

–Me suena de maravilla.

A la mañana siguiente, cuando se dirigía al trabajo, Hannah estaba emocionada y nerviosa a la vez. Estaba deseando ver a Luca, pero tenía miedo de que hubiera cambiado de opinión. De que vivir al día pudiera significar que un día todo se acabara.

Sus dudas quedaron disipadas cuando Luca entró en la oficina, se dirigió directamente a su escritorio y la atrajo hacia sí para besarla.

–Menos mal que no hay nadie delante –exclamó ella con los labios ardiendo cuando por fin la soltó.

Luca le pidió que pasara el sábado con él, el día con

Jamie y la noche los dos solos. Ambas perspectivas la tenían emocionada y nerviosa. Presentarle formalmente a Luca a su hijo era un gran paso. Y en cuanto a la noche...

Estaba emocionada.

Luca le había preguntado qué le gustaba hacer a Jamie, y ella le había dicho que ir al parque, jugar al fútbol...

–Y le encantan los aviones –le confesó–. Siempre salimos a ver cómo se dirigen a Heathrow.

Luca lo había escrito todo en su móvil, con expresión tan seria como si estuviera cerrando un trato multimillonario. A Hannah se le llenó el corazón de amor.

Sí, se estaba enamorando de aquel hombre, y estaba sucediendo tan deprisa que la asustaba. Tal vez Luca no le siguiera el paso, de hecho seguramente no lo hacía, pero intentaría disfrutar cada día según viniera.

El sábado amaneció soleado y cálido, un día perfecto de primavera. Luca no los recogió en la limusina, sino en un deportivo descapotable que Hannah no había visto antes. Jamie entró emocionado ante la idea de viajar en semejante vehículo. Luca se había tomado incluso la molestia de instalar un asiento de coche apropiado.

–¿Dónde vamos? –preguntó Hannah con una sonrisa tras atar a Jamie al asiento.

–Ya lo verás –dijo Luca con tono ligero–. Es una sorpresa.

La sorpresa resultó ser una visita a un aeródromo privado en el que Jamie podía entrar en los aviones privados y que culminó con un paseo en helicóptero por el cielo de Londres. Jamie iba con los ojos abiertos de par en par y una sonrisa radiante mientras Luca le señalaba el Big Ben y el London Eye.

Almorzaron con un maravilloso picnic que Luca

había encargado en un campo con vistas a los aviones, y Jamie no paró de correr por todos lados, agotando su exceso de energía. Hannah se giró y puso la mano sobre la de Luca.

—Gracias. Ha sido un día maravilloso. Jamie lo recordará para siempre —le apretó la mano—. Pero habría bastado con ir al parque.

—Ya sé que no todos los días podrán ser así —admitió Luca—. Pero supongo que quería causar una buena primera impresión.

—Créeme, ya lo lograste con los pasteles —se rio ella.

—Háblame de su padre —le pidió de pronto Luca.

Hannah se puso tensa aunque sabía que tenía derecho a hacerle esa pregunta.

—¿Qué quieres saber de él?

—¿Le querías?

—Sí, pero siento que eso fue hace mucho tiempo —Hannah vaciló, le costaba trabajo retomar aquellos viejos recuerdos—. Conocí a Ben en la universidad. Él quería viajar al terminar, ver el mundo. Cuando empezamos a salir planeamos esa vida despreocupada, viajando por toda Europa y por Asia, trabajando en lo que pudiéramos y viviendo en total libertad.

Luca se la quedó mirando con atención.

—¿Y qué pasó entonces?

—Que me quedé embarazada. Sin querer. Y me di cuenta de que quería tener ese niño, que los sueños de Ben de viajar por el mundo no eran mis sueños, aunque me había convencido de que sí. Nunca había estado en ninguna parte y me atraía la idea de la aventura. Pero prefería la aventura de ser madre.

—¿Y cómo reaccionó Ben?

—No estaba muy contento. Estaba furioso conmigo, y me exigió que abortara —Hannah subió las rodillas al pecho y apoyó la barbilla en ellas—. Le entendía un poco porque di un giro completo y ahora quería algo que los dos habíamos dicho que no queríamos.

Hizo una pausa mientras recordaba las palabras de despedida de Ben: «Entonces me iré por mi cuenta».

–¿Hannah? –murmuró Luca con voz suave apretándole los dedos–. ¿Qué pasó?

–Tuvimos una gran bronca. Dijo que iba a irse de viaje de todas formas. Entonces salió como una furia, se subió a la moto y veinte minutos más tarde se estrelló contra un camión. Murió al instante –Hannah alzó la mirada y le dirigió a Luca una sonrisa triste–. Decidí creer que con el tiempo habría entrado en razón. Estaba conmocionado, y es comprensible, y siempre tuvo mucho temperamento. Me sentí tremendamente culpable, y todavía me siento así por haberle gritado. Pero habría entrado en razón. No me habría dejado sola con nuestro hijo.

Luca no respondió y Hannah volvió a reírse con amargura.

–Seguramente tú no lo crees y tal vez tengas razón, pero no quiero que Jamie lo sepa. De hecho tú eres la primera persona a la que se lo cuento.

–¿Ni siquiera a tu madre?

–No quería que pensara mal del padre de Jamie... y me sentía culpable por la parte que me tocaba –Hannah suspiró–. Pero me di cuenta de lo que quería de una relación, y no es solo estar con alguien que busca lo mismo que tú. Es querer estar con alguien busque lo que busque, porque los planes cambian. La gente cambia. Aprendí esa lección más de una vez.

Luca se giró hacia ella y le acarició la palma de la mano con el pulgar.

–Yo también.

Jamie se durmió en el camino de vuelta a casa y Luca lo metió en casa, donde los esperaba Diane.

–Pásalo bien –le dijo Diane dándole un beso a su hija en la mejilla.

Hannah regresó al coche con Luca y se dirigieron a su apartamento de Mayfair.

Nunca antes había estado en su casa y no sabía qué esperar. La conmovió que Luca quisiera llevarla allí y no a un hotel de lujo. La estaba invitando a formar parte de su vida en muchos aspectos.

Además de emocionada, también estaba muy nerviosa por quedarse a solas con Luca. La última vez que habían hecho el amor fue de forma precipitada y desesperada, un momento de pasión que ninguno de los dos esperaba. Aquella noche sería completamente distinta, y Hannah no quería decepcionarle.

–Estoy un poco nerviosa –reconoció cuando Luca aparcó en el garaje y subieron en ascensor a su ático–. Esto es distinto. ¿Y si... no estoy a la altura?

Luca alzó las cejas.

–Créeme, Hannah, estás muy por encima de la altura. Siento que llevo toda la vida esperando este momento.

Ella sonrió con inseguridad, complacida con sus palabras pero sin terminar de creérselas. Luca había estado con docenas, cientos de mujeres, y era el hombre más atractivo que había conocido. Y ella era una madre soltera con estrías y una talla de sujetador pequeña.

Las puertas del ascensor se abrieron directamente en su apartamento, un espacio abierto con techos altos y vista panorámica a la ciudad. Hannah pisó el suelo de mármol y sintió que se le subía el corazón a la boca.

Luca se puso detrás de ella y le colocó las manos en los hombros.

–Créeme, Hannah, quiero estar contigo más de lo que he deseado estar nunca con nadie –le apartó despacio el pelo para besarle el cuello.

–Yo siento lo mismo –susurró ella.

–Bien –Luca le pasó la mano por la cintura y la atrajo hacia sí para que descansara contra el muro de su pecho.

Hannah podía sentir su erección y notó cómo el deseo le corría por las venas en respuesta. Luca le dio la vuelta, le introdujo las manos en el pelo y hundió la boca en la suya. Hannah se dejó llevar por sus besos, disfrutando de la libertad y el lujo de tener toda la noche por delante.

Luca la llevó al dormitorio sin dejar de besarla. En la habitación solo había una cama gigante cubierta por una invitadora colcha de seda azul marino. Luca sonrió, la colocó sobre el colchón y cubrió su cuerpo con el suyo.

Se besaron durante largo rato con las piernas y los brazos entrelazados, sin aliento y riéndose por la alegría y la emoción. Entonces Luca se colocó otra vez encima de ella y desabrochó el botón de los vaqueros.

–No sé si podré ir muy despacio –reconoció dándole un beso en el vientre–. Te deseo mucho, Hannah.

Sus palabras fueron música para su alma. Luca le quitó la ropa y luego le tocó a ella el turno de desabrocharle la camisa y bajarle los vaqueros. Le deslizó las manos por los esculpidos músculos que solo podía atisbar en la oscuridad. Luca utilizó la boca y las manos con pericia para acariciarla en sus puntos más sensibles. Ella arqueó las caderas para recibirle con mayor profundidad, y suspiró con satisfacción y deseo cuando por fin entró en su cuerpo.

Empezó a moverse dentro de ella y el cuerpo de Hannah se estiró para acomodarse al suyo. Abrió los ojos de par en par cuando lo sintió adentrarse en lo más profundo. Le rodeó la cintura con las piernas y se le agarró a los hombros mientras empezaba a moverse siguiéndole el ritmo.

–Luca...

Cerró los ojos y se rindió a la ola de placer en la que ambos estaban subidos hasta que Luca le tocó la mejilla y le susurró con voz entrecortada:

–Mírame, Hannah. Quiero verte mientras te hago el amor. Quiero que tú me veas.

Ella abrió los ojos para mirar a Luca observándola con deseo ardiente, y aquella mirada fue lo que la llevó a la cima hasta que ambos se perdieron en el placer.

Después se quedaron abrazados mientras les bajaba el ritmo del corazón. Hannah se estiró y luego se acurrucó en el pecho de Luca. Se sentía saciada y feliz.

–Es curioso pensar que no estaríamos así si no hubieras necesitado una prometida falsa –lo dijo de broma, pero sintió cómo Luca se ponía tenso. Hannah se colocó de costado para mirarle. Tenía una expresión neutra, y ella había aprendido que la usaba para ocultar sus auténticos sentimientos–. Luca, ¿cuál es la historia entre Tyson y tú?

–Ya te dije que eso fue hace mucho tiempo.

–Pero te sigue importando –murmuró ella–. Y él ni siquiera lo sabe... ¿cómo puede ser?

–Déjalo estar, Hannah.

Reculó ante su tono de advertencia. Creía que habían superado aquella etapa. Que se abrirían el uno al otro. Ella le había contado a Luca más cosas que a nadie.

–¿Por qué no puedes hablarme de ello? –le preguntó.

Luca se incorporó y se sentó al borde de la cama dándole la espalda.

–Porque no es importante.

Hannah supo que no debía presionar. Podría poner en peligro lo que acababan de empezar a construir, pero al mismo tiempo... ¿qué habían construido si no podían hablar de esto?

Aspiró con fuerza el aire.

—Es importante, pero está claro que no quieres contármelo —esperó a que Luca dijera algo, pero él guardó silencio.

Capítulo 16

ANDREW Tyson por la línea uno.

El tono deliberadamente neutral de Hannah hizo estremecerse a Luca. Se las habían arreglado para superar aquel incómodo momento del sábado por la noche, cuando ella le preguntó por Tyson y él no le quiso dar ninguna respuesta.

Una parte de él quiso admitir quién era Tyson, pero se contuvo por un instinto de protección, no quería compartir aquella información todavía. No quería verse expuesto. Ahora se preguntó si no tendría que haberlo hecho, porque cuando estuviera cerrado el trato Hannah sabría cuáles eran sus planes para los resorts. ¿Y qué pensaría entonces?

No importaba. Aquello no tenía nada que ver con Hannah. Lo que tenían juntos era sagrado, y lo que sucedía con Tyson no tenía nada que ver.

Consciente de que estaba haciendo esperar a Tyson, Luca agarró el teléfono.

–Moretti.

–Luca –la voz de Tyson despedía un calor genuino. Pero ya le había dado la espalda en una ocasión, completamente y sin remordimientos.

–Hola, Andrew –consiguió decir con tono neutro.

–Tengo buenas noticias para ti, y seguro que sabes cuáles son. Ya que no he conseguido que mis hijos se ocupen de mis resorts, me gustaría que lo hicieras tú.

Luca estuvo a punto de atragantarse. Terminaron la

conversación hablando del papeleo que completarían la semana siguiente, cuando Tyson estuviera en Londres. Luca colgó y se quedó mirando por la ventana hacia las bulliciosas calles. Registró distraídamente que llamaban a la puerta y luego se abría.

–¿Luca? –preguntó Hannah con expresión preocupada–. Era Andrew Tyson, ¿verdad? ¿Te ha dado una respuesta?

–Sí –Luca forzó una sonrisa–. Ha aceptado mi oferta.

–¿Y no estás contento? –le preguntó ella frunciendo el ceño.

¿Estaba contento? Lo había estado aquella última semana con Hannah. En cuanto a Tyson... no sentía la satisfacción ni la sensación de triunfo que creyó que experimentaría al hacerse con el negocio de su padre.

Hannah se acercó a él y le puso la mano en el brazo.

–Ojalá me contaras qué pasa.

–No pasa nada –gruñó Luca. Empastó una sonrisa falsa y la atrajo hacia sí–. Nada en absoluto. Tengo una idea –dijo rodeándola con sus brazos–. Esta noche tengo una cena de gala aburridísima y estaba pensando en no ir. ¿Por qué no vienes tú conmigo?

Hannah se apartó un poco de él para poder observarle.

–¿Quieres decir... como tu pareja?

–Sí, eso es exactamente lo que quiero decir.

A ella le brillaron los ojos.

–No tengo nada que ponerme.

–Creo que es hora de visitar otra vez Diavola.

Hannah se mordió el labio inferior.

–No sé. No quiero que me trates como a las demás mujeres con las que has estado.

–Tú no eres como las demás –afirmó Luca–. Nunca había pasado una noche entera con ninguna mujer,

Hannah. No quiero admitirlo, pero tú eres distinta. Y yo soy distinto cuando estoy contigo.

Ella sonrió y le dio un beso.

—Supongo que no pasa nada porque me compres un vestido.

Ocho horas más tarde Hannah estaba sentada al lado de Luca embutida en una elegante túnica de estilo griego en seda marfil. Había ido a la peluquería y se sentía como una princesa cuando Luca se la presentó a varias personas.

—Ah, es tu prometida —comentó un hombre mirándola con admiración.

Hannah se puso tensa. Estaba claro que el rumor de su próxima boda había empezado a circular.

—Seguramente estarás empezando a lamentar todo este asunto de la falsa prometida —murmuró Hannah cuando el hombre se marchó.

Luca la miró fijamente.

—No me arrepiento de nada porque gracias a eso estamos juntos. Pero me alegro de haber dejado esa historia atrás.

Cuando se marcharon de la fiesta era más de medianoche, y a Hannah le dolían los pies por las sandalias de tacón que Luca le había comprado junto con el vestido.

—Has estado magnífica —dijo él abriéndole la puerta de la limusina, que los esperaba a la entrada—. ¿Te quedas a pasar la noche?

La culpa y la tentación se mezclaron dentro de ella.

—No puedo —dijo con pesar—. Ya he estado demasiado tiempo fuera. Pero tú podrías quedarte en mi casa —se atrevió a sugerir.

Luca la miró asombrado.

—¿Y Jamie?

—Tiene su propia habitación —sonrió Hannah—. Y cuando se levante por la mañana, no creo que tenga edad para saber exactamente qué significa tu presencia. Pero aunque tenga cinco años sí le llegará el mensaje de que formas parte importante de nuestras vidas —vaciló un poco, sintiendo que tenía un pie puesto al borde del precipicio—. Y así es, Luca. Ya sé que estamos viviendo al día, y que...

—Hannah —Luca le tomó la cara entre las manos y la besó en los labios—. Tú también eres parte importante de mi vida —hizo una breve pausa—. La más importante.

Ella sintió una oleada de alivio aunque todavía le quedaran dudas en la cabeza. Si ella era la parte más importante, ¿por qué no se mostraba más abierto? ¿Por qué no sentía que podía confiar plenamente en él?

—Vayamos a tu casa —dijo entonces Luca inclinándose hacia delante para darle la dirección al chófer.

Una vez en su casa, Hannah subió las escaleras de puntillas con Luca detrás. Su madre se había marchado con una sonrisa, contenta de ver que Hannah había encontrado algo de felicidad.

Su dormitorio le pareció pequeño y destartalado en comparación con el maravilloso ático de Luca, pero él le aseguró que eso no le importaba.

—Lo único que me importa eres tú —afirmó tomándole la cara entre las manos—. Algún día me creerás.

—¿Por qué no sigues intentando convencerme? —murmuró ella. Y eso fue lo que Luca hizo.

Habían hecho el amor muchas veces desde aquel primer encuentro en la playa, pero Hannah nunca se cansaba de sentir el cuerpo de Luca dentro del suyo. Ahora, cuando se deslizó en su interior llenándola, la miró a los ojos y su cuerpo se estremeció por el esfuerzo de contenerse.

–Te amo –dijo él con la voz cargada de emoción. Y Hannah contuvo las lágrimas.

–Yo también te amo –susurró rodeándole con los brazos mientras Luca empezaba a moverse.

Después se quedaron tumbados juntos, silenciosos y felices. No necesitaban palabras.

–La semana que viene firmas el contrato con Tyson –dijo Hannah deslizándole un dedo por el pecho–. Tal vez podríamos ir algún día los tres al resort. Me encantaría ver cómo llevas a cabo todas tus ideas.

Luca no respondió, y Hannah se preguntó por qué. Decidió no preguntar; le bastaba con que estuvieran compartiendo aquel momento. Sabía que algunas cosas eran demasiado profundas para expresarlas con palabras.

Una semana más tarde, Luca estrechó la mano de Tyson por última vez antes de firmar el contrato. Los resorts de Tyson eran ya oficialmente suyos.

–Estoy deseando ver cómo haces realidad tus planes –le dijo Tyson cerrando el maletín–. Me impresionaron mucho tus valores.

Luca sonrió con tirantez y no dijo nada. Se dijo a sí mismo que no se sentiría tan vacío cuando pusiera en marcha su idea. Cuando le quitara a Tyson lo que le había negado a él durante todo aquel tiempo sentiría por fin la satisfacción que se le estaba escapando. La justicia que llevaba toda la vida mereciéndose.

–Stephen mencionó que le resultabas familiar –comentó Tyson mientras se ponía el abrigo–. Pero no nos habíamos visto antes de Santa Nicola, ¿verdad?

A Luca se le atragantaron las palabras en la garganta por la ira y los recuerdos. Recordó haberse quedado mirando a Tyson a la cara, aquellos ojos marrones tan duros. «Vete de aquí. Ahora mismo».

Un pequeño empujón en la espalda, el embriagador olor que desprendían las lilas del jarrón del vestíbulo. Y luego una puerta cerrada en la cara.

–No –respondió con frialdad–. Nunca.

Cuando Tyson se marchó, Luca miró el contrato con sus firmas. Imaginó por un instante lo que Hannah había sugerido la semana anterior, los resorts Tyson como él había propuesto que fueran, una vacaciones con Jamie y con ella. La vida familiar que nunca tuvo, la felicidad de la que nunca disfrutó. Tenía un anillo con un diamante en el bolsillo de la chaqueta y su intención era dárselo a Hannah aquella noche. Una vida nueva a punto de abrirse, una vida que ahora se daba cuenta que deseaba desesperadamente.

Entonces apretó las mandíbulas y cerró los puños. No podía ser tan fácil para Tyson. No lo permitiría. Llevaba toda su vida trabajando para aquel momento. Tenía que hacerse justicia. ¿Cómo iba a soltar el único propósito que había tenido durante toda su vida?

Luca sacó el móvil. Había llegado el momento de hacer algunas llamadas.

Hannah iba canturreando cuando entró en el metro. Llevaba casi dos semanas sonriendo y casi saltando por la calle, desde que Luca y ella habían empezado una relación real. Desde que sentía que por fin había empezado a vivir.

En su cabeza habían empezado a aparecer escenarios que un mes atrás ni siquiera habría soñado. Imágenes de vestidos de novia y bebés recién nacidos, de una casa en el campo, de una vida con Luca.

Su madre le aconsejó que se lo tomara con calma y Hannah lo había intentado, pero le resultaba difícil porque era feliz y Luca parecía feliz también. Aunque todavía albergaba secretos, seguro que se los contaría en su momento. Solo tenía que ser paciente.

Deslizó la mirada desenfocada por los pasajeros del metro, que iban leyendo el periódico o el móvil. Una parte de su cerebro se puso tensa y se centró en el titular del periódico que tenía delante de ella. Estaba en la sección de economía, y ponía en grandes letras negras: *Cierran los resorts Tyson*.

Se inclinó hacia delante, convencida de que había leído mal, y leyó las primeras palabras de la noticia:

En un desconcertante movimiento, el promotor inmobiliario Luca Moretti va a cerrar de modo inmediato los recién adquiridos Resorts Tyson, una cadena de seis establecimientos orientados a las vacaciones familiares. Moretti no ha querido hacer ninguna declaración.

Hannah se echó hacia atrás. Su cabeza era un maremágnum de confusión. No podía ser. El periódico tenía que estar equivocado. Luca no iba a cerrar los resorts, iba a convertirlos en algo maravilloso. Ella misma había visto los planos.

Pero no podía evitar tener una sensación de mal presagio cuando llegó a la oficina. Sabía que Luca tenía algo oculto, algo que le atormentaba. Había visto lo afectado que estaba en Santa Nicola cuando se levantó de la mesa tras el brindis de Tyson. Hannah quería saber qué estaba pasando, pero le dio miedo presionarle demasiado. Tal vez tendría que haberlo hecho.

La zona de recepción estaba vacía cuando las puertas del ascensor se abrieron en el último piso, pero Hannah vio luz en el despacho de Luca. Dejó el bolso y el abrigo y se dirigió directamente a su puerta.

—Entra —respondió él cuando llamó con los nudillos.

Hannah abrió y el corazón le dio un vuelco. Luca estaba en su escritorio con la vista clavada en el ordenador. Alzó la vista para mirar a Hannah cuando entró y le sonrió.

–Buenos días –dijo con voz dulce.

Aquello tranquilizó a Hannah. Aquel era el hombre que conocía, el hombre al que amaba. Se lo explicaría todo ahora mismo. Tenía que hacerlo.

–Esta mañana he leído algo completamente ridículo en el periódico –empezó a decir–. Decía que ibas a cerrar los resorts Tyson de inmediato. No es verdad, ¿a que no? –preguntó agobiada al darse cuenta de que no respondía ni se reía–. No puede ser verdad...

–Es verdad –dijo finalmente Luca con tono firme–. Voy a cerrar los resorts –aspiró con fuerza el aire y dejó las manos sobre el escritorio sin apartar la mirada de ella–. Lo cierto es que siempre tuve la intención de cerrarlos, Hannah.

Capítulo 17

LUCA se quedó mirando el bello y asombrado rostro de Hannah y se preguntó si había hecho bien en contarle la verdad. Pero no podía hacer otra cosa, habría averiguado sus planes en algún momento.

—Esta decisión no tiene nada que ver con nosotros —aseguró.

Ella sacudió la cabeza con firmeza. Tenía el rostro pálido y los ojos muy abiertos.

—Entonces, ¿con qué tiene que ver?

—Con Tyson y conmigo. Es una vieja historia.

—Así que es una venganza —dijo ella cayendo en la cuenta. Se dirigió despacio a la silla que había frente al escritorio y se dejó caer en ella—. Siempre fue por venganza.

—Justicia —le corrigió Luca apretando los puños sobre la mesa—. Es una cuestión de justicia.

—¿Justicia para quién? ¿Para qué? ¿Qué te hizo Andrew Tyson, Luca, que él ni siquiera sabe?

Luca se la quedó mirando durante un largo instante y apretó las mandíbulas con tanta fuerza que le dolieron.

—Es mi padre —dijo con firmeza—. Mi madre trabajaba de doncella en su resort de Sicilia. La sedujo y cuando se quedó embarazada le prometió que se casaría con ella. Mi madre volvió a su pueblo con la cabeza bien alta, convencida de que iría a buscarla como dijo que haría.

Hannah palideció por el impacto.

—¿Y nunca lo hizo...?

—No. Mi madre le esperó seis años. Y siempre decía que vendría. Al principio había cartas. Promesas. Y luego nada —se le cerró la garganta y tragó saliva—. ¿Sabes lo que es crecer en un sitio así siendo bastardo? A mi madre la tacharon de zorra, y a mí no me fue mejor. La gente convirtió nuestra vida en un infierno y no podíamos escapar. Mi madre no tenía dinero y seguía esperando que Andrew Tyson apareciera como un caballero andante y la rescatara.

—¿Qué pasó después de esos seis años? —preguntó Hannah en voz baja.

Los recuerdos surgieron en cascada en la mente de Luca como una triste cacofonía de infelicidad.

—Mi madre decidió ir a buscarle. Se enteró de cuándo iba a volver a Sicilia y se plantó en su casa de Palermo. Me llevó con ella —Luca cerró los ojos para controlar la punzada de dolor.

—¿Entonces le conociste?

—Nos quedamos en la puerta mientras él nos decía que nos fuéramos —respondió Luca con tono cortante—. Ni siquiera dejó que mi madre le dijera mi nombre. Nunca me miró a los ojos. Solo me empujó hacia fuera y me dijo que nunca volviera.

—Es terrible pensar que un hombre como él pueda hacer algo así —murmuró Hannah.

—¿Un hombre como él? Tiene una careta puesta, Hannah. Todo en él es mentira. Yo sé quién es, lo he sabido siempre.

Hannah guardó silencio durante un instante mientras trataba de lidiar con sus propias emociones.

—Así que durante todo este tiempo has estado esperando para vengarte de él. Apoderarte de sus resorts, el trabajo de su vida, y destruirlos.

Luca se la quedó mirando sin dar crédito. Se estaba poniendo de parte de Tyson.

–Sí, eso es exactamente lo que he estado haciendo –aseguró con dureza–. Es lo que he querido hacer desde que tengo cinco años. Había lilas en el vestíbulo cuando mi madre me llevó a su casa –le confesó para que tratara de entender lo mucho que le afectaba aquello–. Ese olor todavía me produce náuseas.

–Oh, Luca...

Él dio un paso atrás.

–No. No sientas compasión por mí. Solo quiero que lo entiendas –aspiró con fuerza el aire–. Esto no cambia nada entre nosotros, Hannah. Yo todavía te amo –metió la mano en el bolsillo y tocó la cajita de terciopelo negro. Su presencia le tranquilizó.

Pero Hannah estaba sacudiendo la cabeza y tenía los ojos llenos de lágrimas. Luca sintió que se le caía el alma a los pies. Le miraba como si no le conociera, como si no le amara.

–¿Sabes por qué Andrew Tyson invirtió tanto en esos resorts familiares? ¿Por qué sus hijos son investigadora y médico?

Luca se la quedó mirando con los ojos entornados.

–No, y no me importa.

–Porque su hija pequeña murió de leucemia cuando tenía cuatro años. Y todos respondieron a su muerte de un modo distinto –Hannah le miró con el gesto descompuesto por el dolor–. Tu hermanastra, Luca.

–No sigas...

–Cuando mi padre murió, tomé una decisión –continuó ella conteniendo las lágrimas–. No iba a estar enfadada con él por irse y dejarnos a mi madre y a mí prácticamente en la miseria. Acepté que no sabía que iba a sufrir un ataque al corazón a los cuarenta y dos años.

–¿Y crees que el caso de Tyson es igual? –Luca no

podía creerlo–. Tuvo la oportunidad de ocuparse de mi madre y de mí y tomó una decisión. Nos echó de su vida.

–Y cuando Ben no quería tener a nuestro hijo –continuó Hannah por encima de él–, cuando me gritó que me librara de él y se marchó, tomé la decisión de pensar que habría vuelto cuando se hubiera calmado. Se habría casado conmigo.

Luca sacudió la cabeza. Ahora entendía por dónde iba, y no estaba de acuerdo.

–Tal vez creas que soy una ingenua –reconoció Hannah con dignidad–. Pero no quería vivir consumida por la amargura y la rabia. Quería ser libre y perdonar. No quería dejarme atrapar por el pasado. Y deseo lo mismo para ti.

–Esto es distinto –murmuró él con un nudo en la garganta.

–Lo parece –reconoció Hannah–. Pero piensa en lo que estás haciendo, Luca. Esos resorts dan trabajo a cientos, incluso miles de personas inocentes. Podría revitalizar la economía de muchos lugares depauperados. Tú dijiste que sabías lo que era crecer cerca de un sitio de lujo y no formar parte de él. Querías cambiar eso. Los planes que tenías para el resort te salieron del corazón. Mostraban al hombre del que me enamoré. Un hombre con esperanza, no vengativo.

Luca estaba un poco mareado.

–Entonces, ¿me estás dando un ultimátum?

–Te estoy pidiendo que no hagas esto –exclamó Hannah alzando las manos–. No por los Tyson ni por todos los trabajadores, sino por ti. No dejes que el pasado te defina, Luca. Ni que la venganza te guíe.

Luca guardó silencio unos instantes mientras lidiaba con las emociones que sentía. Sacó la cajita del bolsillo y la arrojó sobre el escritorio.

–Tenía pensado darte esto esta noche. Quiero casarme contigo, Hannah.

Una punzada de dolor atravesó las facciones de Hannah. Luca sabía que como declaración era terrible, pero se sentía demasiado acorralado y herido para que le importara.

La expresión de Hannah se suavizó cuando agarró la cajita y la abrió. Se quedó mirando el anillo que había dentro, un diamante rodeado de zafiros.

–Es precioso –dijo. Luego cerró la caja y volvió a dejarla en el escritorio–. Te amo, Luca. Pero no puedo casarme contigo. No si estás consumido por la venganza, el odio y la amargura. No quiero eso en la vida de mi hijo.

Hannah aspiró con fuerza el aire sin molestarse en secarse las lágrimas que le caían por las mejillas.

–Tú eres un buen hombre, Luca. Un hombre muy grande. Y te amo tanto que duele. Pero no puedo... –le falló la voz–. No puedo –contuvo un sollozo, se dio la vuelta y salió corriendo del despacho.

Hannah se secó las lágrimas mientras agarraba el bolso y el abrigo. No podía quedarse allí. Aunque le doliera en el alma, sabía que había tomado la decisión correcta. No podía estar con alguien tan predispuesto a la venganza. Pero ahora mismo se sentía rota, deshecha en un millón de piezas.

Se dirigió al ascensor y salió del edificio con los ojos llenos de lágrimas.

Luca se quedó paralizado durante cinco minutos. El silencio de la oficina acompañaba el vacío de su corazón. Y entonces el dolor lo atravesó y se dobló sobre sí mismo, respirando con dificultad como si le hubieran golpeado en el estómago.

Hannah le había dejado. ¿No había esperado que esto ocurriera en el fondo? ¿No temía que Hannah no se quedara a su lado, como hacía todo el mundo? Luca le había dicho que no valía la pena arriesgarse en las relaciones. Y él le había dicho que quería intentarlo. Lo había intentado y había fallado.

La furia se apoderó de él, uniéndose al dolor y la tristeza. Hannah no tenía derecho a juzgarle, no tenía ni idea por lo que había pasado, lo que sintió cuando Tyson lo echó de su casa y de su vida. No era venganza lo que buscaba, sino justicia. ¿Por qué no lo veía ella así?

Frustrado y furioso, Luca se apartó del escritorio y empezó a recorrer el despacho como un tigre enjaulado. Sonó el teléfono y lo descolgó al recordar que Hannah se había ido.

La recepcionista del edificio le dijo:

—Andrew Tyson está en el vestíbulo y quiere verle.

—¿Tyson? —repitió Luca sin terminar de creérselo. ¿Había acudido su padre a implorar por sus preciosos resorts?—. Dígale que suba.

Quería ver la expresión de derrota en el rostro del hombre antes de echarle de allí como hizo Tyson años atrás. Tal vez así encontraría la satisfacción que buscaba.

Cuando se abrieron las puertas del ascensor y salió Andrew Tyson, a Luca le impresionó ver lo mayor que parecía, como si hubiera envejecido veinte años. Caminaba despacio, casi renqueando, y tenía los hombros caídos y la cabeza inclinada en gesto de derrota. Pero Luca no sintió ninguna satisfacción.

Andrew miró a Luca a los ojos.

—Sé quién eres —dijo. Y sonaba triste—. Eres mi hijo.

Algo se rompió en el interior de Luca ante aquella sencilla afirmación.

–No –dijo–. Nunca lo he sido.

–Tienes razón –Andrew pasó despacio por delante de él y entró en su despacho.

Luca vaciló un instante y luego lo siguió. Encontró a Andrew al lado del ventanal mirando hacia las calles de la ciudad.

–Te ha ido muy bien. Pero eso ya lo sabía.

–No ha sido gracias a ti. ¿Qué estás haciendo aquí? –le preguntó–. ¿Y cómo lo has sabido?

–Creo que una parte de mí lo sospechaba desde el principio –contestó Andrew girándose para mirarle–. Una parte avergonzada de mi subconsciente.

Luca entornó la mirada y apretó los labios.

–¿Avergonzada?

–Siempre he estado avergonzado del modo en que te traté, Luca –murmuró Andrew. Alzó la cabeza y Luca vio lágrimas en los ojos de su padre–. Soy el peor de los hipócritas, Luca. Haces bien en cerrar los resorts.

Luca se quedó boquiabierto. ¿Su padre pensaba que tenía razón? ¿Dónde quedaba entonces su satisfacción vengativa?

–No puedes hablar en serio.

–¿No? –Andrew alzó las cejas y sonrió con tristeza–. ¿Crees que no me arrepiento de haberte tratado como lo hice?

–No –afirmó Luca–. Teniendo en cuenta que no me has buscado en treinta años y que nunca buscaste a mi madre... se suicidó –le informó con tono roto por el dolor–. ¿Lo sabías? Cuando yo tenía catorce años.

Andrew palideció.

–No lo sabía.

–Si te arrepentiste de habernos echado de aquel modo, ¿por qué nunca fuiste a buscarnos? –preguntó Luca.

–Porque tenía miedo –reconoció Andrew sin tapujos–. Cuando le dije a Angelina que me esperara lo decía de corazón. Iba a ir a buscarla. Pero mi padre empezó a presionarme para que me hiciera cargo de los resorts y me casara con una mujer adecuada...

–Y mi madre no lo era.

–No –afirmó Andrew–. ¿Una doncella siciliana? Mi padre me habría desheredado.

–Y a cambio tú nos desheredaste a nosotros.

–Sí –Andrew alzó la barbilla y miró a Luca directamente a los ojos–. Fui un cobarde, Luca. Un cobarde sin honor. Lo admito completamente. Lo siento mucho –hizo una pausa–. Sé que no merezco tu perdón, pero te lo pido.

Aquellas palabras provocaron en Luca una nueva oleada de ira.

–¿Mi perdón? –repitió con voz ronca–. ¿Cómo te atreves siquiera a decirlo?

–Tienes razón –murmuró Andrew–. No tengo derecho. Pero en los treinta años que han pasado desde que te rechacé me he ido dando cuenta de lo equivocado que estaba. Perdí a otro hijo.

Luca recordó lo que Hannah le había contado Hannah sobre la hija que murió de leucemia. No fue capaz de pronunciar las palabras de condolencia que se le formaron en la garganta. De pronto se sentía confuso, triste y como si la rabia se desvaneciera. No se entendía a sí mismo.

–Me voy –dijo Andrew levantándose de la silla en la que se había dejado caer–. Solo vine a pedirte perdón y a decirte que entiendo lo que has hecho. No te guardo rencor por nada, Luca –y con una última sonrisa, Andrew se marchó.

Luca se quedó allí de pie con la boca abierta y con el corazón latiéndole a toda prisa aunque también lo notaba extrañamente vacío. Tras tantos años planeando su venganza, ¿esto era lo que había conseguido? ¿Tristeza, perdón y ninguna satisfacción?

Luca maldijo en voz alta. Cerró los ojos y sintió que le ardían. Y entonces pensó en Hannah.

—¿Dónde está Luca?

La pregunta de Jamie bastó para que Hannah tuviera que tragarse un sollozo.

—Esta noche no va a venir, cariño.

En solo unas cuantas semanas, Luca se había convertido en una parte importante de la vida de su hijo. Y de la suya. ¿Cómo iba a seguir adelante sin él?

Desde que salió de la oficina se había estado preguntando si no habría cometido un error. Si no habría sido demasiado brusca. ¿Por qué no había intentado ponerse en la piel de Luca para entenderle mejor? ¿Por qué no había puesto en práctica lo que le pedía a él y había sido más comprensiva? Le había dado la espalda cuando él más la necesitaba.

Pero Luca no había actuado como si la necesitara. Se había mostrado duro, negándose incluso a reconocer que había tomado una decisión equivocada. Y lo de cerrar todos los resorts...

Laura Tyson había conseguido el teléfono de casa de Hannah y la había llamado envuelta en lágrimas suplicándole que le pidiera a Luca que reconsiderara su decisión.

—¿Por qué quiere hacer algo así? —le había preguntado con más tristeza que enfado—. No lo entiendo.

Hannah sí, pero no podía explicárselo a Laura. Eso era cosa de Luca.

—Mamá —Jamie le tomó la cara entre las manos—. ¿Estás triste?

–No –respondió ella con voz temblorosa abrazando fuerte a su hijo. Al menos le tenía a él. Siempre le tendría, y siempre sería su prioridad.

Un poco más tarde acostó a Jamie y tomó una decisión. Haría lo que Laura le había pedido. Llamaría a Luca y le rogaría que reconsiderara su decisión tras disculparse por su brusquedad. Pero la llamada se desvió al buzón de voz, y Hannah colgó sin dejar ningún mensaje. Se sentía más sola y triste que nunca.

Unos minutos más tarde llamaron a la puerta y el corazón le dio un vuelco. No podía tratarse de Luca, se dijo. Aunque lo deseaba con todo su corazón. Se levantó del sofá, abrió la puerta y se encontró con Luca allí de pie, tal y como había deseado.

Su mente tardó unos segundos en registrar la imagen. Abrió la boca, pero no fue capaz de decir nada. Luca habló primero.

–¿Puedo pasar?

–Sí –Hannah se echó a un lado aunque lo que deseaba era arrojarse a sus brazos. Se recordó a sí misma que ni siquiera sabía por qué estaba Luca allí.

Él se acercó al salón en el que habían pasado tantas noches agradables. Se giró despacio hacia ella.

–Andrew Tyson vino a verme –le dijo–. Y me ha pedido que le perdone. No sé qué hacer –Luca sacudió la cabeza. Parecía perdido y herido–. Si dejo atrás la rabia, ¿qué soy? Si dejo de buscar justicia, ¿qué haré?

–Oh, Luca –en aquel momento Hannah se dio cuenta de que aquella era una segunda oportunidad para ella igual que para Luca. Ahora podía ofrecerle el consuelo que le había negado por la mañana–. Lo siento mucho.

–¿Qué es lo que sientes, Hannah? –le preguntó él con asombro y tristeza–. ¿Que no haya conseguido lo que quería?

–Lo que siento es que estés sufriendo –contestó ella–. Te amo y no quiero que sufras.

Luca torció el gesto.

–¿Todavía me amas?

–Sí –afirmó Hannah con rotundidad.

Luca dio un paso adelante con las manos extendidas.

–¿Lo dices de verdad, Hannah? ¿Aunque haya tratado de destrozarle la vida a un hombre? ¿A pesar de que haya dejado a cientos de personas sin trabajo?

–A pesar de eso –respondió ella–. Tendría que haber sido más comprensiva esta mañana, Luca, pero sigo pensando lo que dije. La venganza es el camino hacia la autodestrucción.

–Lo sé –reconoció Luca con tono pausado–. Creo que esta tarde me autodestruí. Que Tyson lo admitiera todo... sabía que yo era su hijo y estaba arrepentido. Dijo que entendía que cerrara los resorts. Me dejó desarmado.

–Y ahora que te dejó sin armas, ¿qué te queda? –quiso saber ella.

–Arrepentimiento. Tristeza –Luca la miró a los ojos–. Y amor. El arrepentimiento y la tristeza se atenuarán con el tiempo, pero el amor no. Si todavía puedes amarme, Hannah...

Ella se le acercó con los brazos extendidos.

–Sabes que sí.

Luca la abrazó y le hundió el rostro en el pelo.

–Te amo muchísimo. Tú me diste algo por lo que vivir. Algo bueno.

–Tú también me diste eso a mí, Luca –dejó escapar una risa nerviosa. Tenía la voz rota por las lágrimas–. Las últimas doce horas han sido las más largas de mi vida.

–No voy a cerrar los resorts –dijo entonces él en voz baja.

Hannah se apartó un poco para mirarle.

—¿Eso es lo que quieres?

—Ahora sí. Me he dado cuenta de que tienes razón. Hacer eso solo me destruiría. A nosotros. Y eso es lo último que quiero, Hannah. Te amo demasiado para tirar por la borda nuestro futuro.

—Yo también te amo —respondió ella con convencimiento.

Luca bajó la cabeza para que sus labios se encontraran.

—Pues eso es lo único que necesito —afirmó con tono dulce.

Epílogo

HANNAH abrió las puertas de la villa y pisó la suave arena. Las olas rompían despacio en la orilla; el cielo brillaba azul por encima. A su espalda podía escuchar a Jamie gritando feliz y a Luca contestándole.

Habían llegado aquella mañana al recién renovado resort Tyson de Tenerife y Jamie no había parado ni un segundo. Por suerte Luca tenía energía suficiente para seguirle el paso a su hijo recién adoptado.

Estaban de luna de miel, se habían llevado a Jamie tras la boda en Londres y tras pasar un fin de semana solos en París. Había sido la boda que Hannah siempre deseó, con familia, amigos y un precioso vestido blanco de Diavola. Jamie llevó los anillos y Andrew Tyson y su familia estaban entre los invitados. Había sido un paso más en el camino hacia la curación y la felicidad.

El fin de semana en París también fue maravilloso. Luca la sorprendió alquilando la Torre Eiffel como ella había fantaseado que hiciera en Santa Nicola, y bailaron a solas en la terraza con las estrellas brillando sobre sus cabezas y los corazones llenos de amor... como ahora.

Hannah dejó escapar un suspiro repleto de alegría y de agradecimiento.

–Vaya, eso sí que ha sido todo un suspiro, señora Moretti –le dijo Luca apareciendo a su espalda y poniéndole las manos en los hombros.

Ella se apoyó contra el sólido muro de su pecho.

–Ha sido un sonido de felicidad –le aseguró.

–Me alegra escuchar eso –Luca le rodeó la cintura con los brazos–. Porque yo también soy feliz. Más feliz de lo nunca imaginé.

El último año había estado lleno de bendiciones y desafíos, y Luca había abierto los resorts Tyson al mismo tiempo que daba pasos para construir una relación con su padre. Y también para convertirse a su vez en padre de Jamie. Se habían convertido en una familia de verdad, fuerte y cariñosa, y Hannah tenía la esperanza de que pronto añadirían un cuarto miembro a su pequeña tribu. Había seguido trabajando para Empresas Moretti, aunque redujo su horario para pasar más tiempo con Jamie.

Luca inclinó la cabeza para rozarle los labios.

–Y pensar que hace poco más de un año estábamos en una playa parecida a esta pero fingiendo. Aunque tal vez yo no fingía tanto como parecía.

Hannah se rio.

–¿Estás reescribiendo la historia?

–No. Creo que me enamoré cuando te vi probándote aquel vestido. Fue como si se encendiera un interruptor dentro de mí. Empecé a verte con otros ojos. Y yo también empecé a notarme distinto.

–A mí me pasó lo mismo –admitió Hannah–. Y me molestaba sentir aquello, la verdad.

–Mientras no te moleste ahora... –bromeó Luca.

–¿Molestarme? –Hannah sacudió la cabeza y sonrió–. No, soy absolutamente feliz y estoy agradecida de que me ames tanto como yo a ti.

–Más –aseguró Luca atrayéndola hacia sí–. Te amo más.

–No creo que eso sea posible –murmuró ella echando la cabeza hacia atrás mientras Luca la besaba.

–Entonces estamos empatados –dijo Luca.

Y la besó con más pasión.

Bianca

**Por fin la tenía donde la deseaba…
en el lecho nupcial**

Cuando Emily Blake besó al increíble conde italiano Rafaele di Salis no imaginaba que algún día acabaría casándose con él para cumplir los deseos de su difunto padre. Emily había accedido a ser su esposa hasta que cumpliera los veintiún años…

El conde Rafaele llevaba dos años intentando controlar la pasión porque su esposa era muy joven y no quería pedirle nada hasta que no fuese lo bastante mujer para enfrentarse a él… Pero ahora que por fin tenía veintiún años… la haría suya.

ESPOSA A LA FUERZA
SARA CRAVEN

Acepte 2 de nuestras mejores novelas de amor GRATIS

¡Y reciba un regalo sorpresa!

Oferta especial de tiempo limitado

Rellene el cupón y envíelo a
Harlequin Reader Service®
3010 Walden Ave.
P.O. Box 1867
Buffalo, N.Y. 14240-1867

¡Si! Por favor, envíenme 2 novelas de amor de Harlequin (1 Bianca® y 1 Deseo®) gratis, más el regalo sorpresa. Luego remítanme 4 novelas nuevas todos los meses, las cuales recibiré mucho antes de que aparezcan en librerías, y factúrenme al bajo precio de $3,24 cada una, más $0,25 por envío e impuesto de ventas, si corresponde*. Este es el precio total, y es un ahorro de casi el 20% sobre el precio de portada. !Una oferta excelente! Entiendo que el hecho de aceptar estos libros y el regalo no me obliga en forma alguna a la compra de libros adicionales. Y también que puedo devolver cualquier envío y cancelar en cualquier momento. Aún si decido no comprar ningún otro libro de Harlequin, los 2 libros gratis y el regalo sorpresa son míos para siempre.

416 LBN DU7N

Nombre y apellido	(Por favor, letra de molde)

Dirección	Apartamento No.

Ciudad	Estado	Zona postal

Esta oferta se limita a un pedido por hogar y no está disponible para los subscriptores actuales de Deseo® y Bianca®.
*Los términos y precios quedan sujetos a cambios sin aviso previo.
Impuestos de ventas aplican en N.Y.

Esposa olvidada
Brenda Jackson

Tras una separación forzosa de cinco años, Brisbane West-moreland estaba dispuesto a recuperar a su esposa, Crystal Newsome. Lo que no se esperaba era encontrarse con que una organización mafiosa estaba intentando secuestrarla. Crystal, una brillante y hermosa científica, no podía perdonarle a Bane que se casara con ella para después desaparecer de su vida, pero estaba en peligro y necesitaba su protección.

*¿Podría mantenerla a salvo y convencerla
para que le diera una segunda oportunidad?*

Bianca

La atracción que siempre habían sentido el uno por el otro era más poderosa que el sentido del honor

El restaurante de Lara estaba en crisis. Solo un hombre podía ayudarla, su atractivo hermanastro, Wolfe Alexander. Como condición para ayudarla económicamente y con el fin de lograr sus propios objetivos, le impuso que se convirtiera en su esposa.

Sin otra alternativa más que aceptar los términos de Wolfe, Lara pronto se vio inmersa en el mundo de la alta sociedad y en el de la pasión. Pero había un vacío en su vida que solo podía llenar… el amor de su marido.

¿AMOR O DINERO?
HELEN BIANCHIN